講談社文庫

ファンム・アレース④

香月日輪

JN178120

講談社

目次

1　サリヤカ、東へゆく……12
2　井戸のある場所《カレース》で……33
3　呪いの山で……48
4　蛇女……71
5　祭壇《さいだん》……94
6　悪夢の夜が明けて……125

7 石の町《ナツラット》にて……151
8 サーブルとグール……166
9 閉ざされた庭《ホルトウス・コンクルスス》……192
10 愛しき世界のために……215
11 宿命の底……247

ファンム・アレース④

おもな登場人物

ララ　グランディエ王国最後の王女。「聖魔の魂」を持つ身を魔女に狙われている。
バビロン　ララの用心棒。水竜の子。最初は契約のためにララを守っていたが……。
オババ　墓守の魔道士。ララの育ての親。バビロンにララの用心棒を命じる。
テジャ　ララと同様、「聖魔の魂」を持つ、竜族の姫。
ナージス　魔女ビベカの孫。魔術の勉強よりも科学が好き。
魔女ビベカ　オババの知人でナージスの祖母。魔術でララに王国の歴史と謎を伝えた。
ナーガルージュナ　元・高僧。世捨て人として田舎で静かに暮らす賢者。
アティカ　ナーガルージュナの弟子。女性だが武術の達人。
魔神ウェンディゴ　雪と氷の魔神。
魔女アイガイア　魔神ウェンディゴの司祭。「聖魔の魂」を集めて魔神を召喚《しょうかん》し世界征服をたくらむ。

これまでのあらすじ

五百年に及んだグランディエ王国の暴君の治世。ついに反発した民により革命が勃発する。しかし、王の十八人目の妾の子であった九歳の王女ララは、混乱する国を一人逃れ、遥か北の地アデンを目指す。優しかった母の遺髪を、故郷《ふるさと》の地に埋めるためだった。

革命軍に追われるララの護衛のため、育ての親であった墓守の魔道士《まどうし》オババは用心棒として剣士バビロンに白羽の矢を立てた。オババの魔術に引っ掛かったバビロンの薬指には、決してララを裏切ることができぬよう、「血のエンゲージリング」がはめられてしまう。

最初は契約のために、やむを得ずララの護衛を務めていたバビロンだったが、次第にララの生き方に惹《ひ》かれてゆく。一方で、その堂々たる態度の奥に隠《かく》された子どもらしい不安や孤独感に、今まで味わったことのない感情を持つようになる。ララもまた同じように、自分の中に芽生え始めたバビロンへの熱い気持ちに戸惑いを感じていた。

どんな敵にも怯まず立ち向かうララと、ララを護衛するバビロン。二人の姿は、英雄として二百五十年間語り継《つ》がれてきた少女剣士イヴ――のちに「聖少女将軍《ファンム・アレース》」の位を授与された――と、彼女とともに戦った銀髪の騎士長アルゼンティナ大佐との絆に重なり合う。

旅が終わりに近づく頃、オババの姿を騙《かた》って近づいてきたのは、卑劣な魔女だった。ララが罠《わな》と気づき、魔女の呪が解けると、本物のオババの姿が目の前に現れてララに告げる。血塗られた王家最後の一人として、ララが「聖魔の魂」を持つ身であることを。莫大《ばくだい》な力を秘めた「聖魔の魂」。魔女はそれを手に入れ、大きな陰謀を企《くわだ》てようとしているらしい。「聖魔の魂」をめぐる謎を解き、ララの魂を救うため、アランゴラの魔女ビベカに会いにゆけと、オババはララに伝える。

母の遺髪を納めるララの旅の終わりは、自らの謎を解く旅の始まりにもなったのだ。

アランゴラへのさらなる旅の途中、ララとバビロンは多くの人々に出会う。貴族の主とその幼い娘。病気の巡礼者。灰色の髪の騎士が守りぬいた白い石から現れた不思議な赤ん坊テジャ……。

ようやくたどり着いたアランゴラの地で、ララは魔女ビベカと時をさかのぼる。そして初代グランディエ王が自らの欲望と引き替えに、子孫の魂を魔神ウェンディゴに捧げる契約を、その司祭である魔女アイガイアと結んでいたことを知る。

魔女の陰謀を打ち砕くため、ララは魔女アイガイアをよく知るという賢者ナーガルージュナのもとに向かう。お伴にバビロン、ビベカの孫で科学の申し子ナージスと、実は竜族の姫テジャを加えた旅の続きで、ララは、奥深い山にあるハーゴ村の少女ルイたちと仲良くなり、少女たちとの語らいのなかで、初めて自分の中の「一人の、十歳の少女」と向き合い、新鮮な気持ちになれた。そして、ハーゴ村を自分らの根城にしようと襲ってきた山賊どもを、村人たちとともに撃退する。勇気を持って山賊どもに立ち向かったルイたちもまた、大きく成長したのだった。

ハーゴ村を発ったララたちは、無事、賢者ナーガルージュナの住むアマグスタに到着する。

ナーガルージュナの悪魔召喚《ゴエティカ》の魔方陣に現れた悪魔アロウラは、ララたちがアイガイアに勝つためには、魔界以上の世界の力が必要だと言った。

また、剣の達人でもあるナーガルージュナの弟子アティカに、バビロンは剣の指南を受ける。

その頃、テジャを尾け狙っていた魔女の手先の妖魔どもが、ララたちに追いついてきた。そのうちの一匹を倒したテジャの力を見て、ナーガルージュナはララに「テジャとララの力があれば、天使召喚《しょうかん》ができる」と告げるのだった。そして、「天使召喚法《ルマアデル》」を記した「召喚魔法書《レメゲトン》」は隠者《いんじゃ》ノゴージャンが持っているとも。

アテイカを新たなる仲間に加え、ララたちは、召喚魔法書《レメゲトン》を求め、隠者ノゴージャンが住むというヴェルエド山を目指すのだった。

東のメソド。
西のエレアザール。
イオドラテ大陸が、まだ二大王都とたくさんの小国に分かれていた頃、
世界は驚異に満ちていた。
森には精霊や魔獣が住み、海では人魚が船乗りたちを誘い、大空を天馬が翔《かけ》る。
人々の目の前には、まだ見ぬ新世界がたくさんあった。
夢と冒険。神秘と恐怖。剣と魔法。そして——……。

1　サリヤカ、東へゆく

雇われ犬のサリヤカ稼業《かぎょう》。
ケンカの指南に賞金稼《かせ》ぎ、何でもござれ。
明日はどこの空の下。

イオドラテ大陸を横断する街道は、大きく名の知れた大街道《ロードヴィア》の他にも、そこから枝分かれした支流のような道がたくさんある。その周辺にはポツポツと村や町ができており、荒れ果てた大陸中部も、そうやって少しずつ発展してきているようだったが、そこから先には、まだまだ打ち捨てられた村落や荒野と化した場所が多く、「旧道」や「裏街道」には犯罪者や人買いどもが徘徊し女子どもを狙い、幽鬼や魔犬が彷徨《さまよ》い、魔物が巣喰い、たまさかに人を襲った。そんな場所をウロつくのは、脛《すね》に傷を持つ輩か、隠者《いんじゃ》の類《たぐい》、賞金首狙いのサリヤカどもだった。

かつてはわりと大きかった町の廃墟があった。山肌にいくつもの住居が並び、道が四方に、複雑に延びている。しかし、それぞれの家はもう、ぽっかりと暗い口をあけた洞窟のようで、中には人が住んでいた痕跡《こんせき》がまったく残っていなかった。畑があったであろう山裾も、すっかり荒れ地となり果てている。風と砂と雨に浸食され、形をなくそうとしている町なかを、男が一人、逃げ回っていた。

前の町を出て、街道をどれほど進んだ頃だろう？　男は、尾けられていると感じた。それは、身に覚えのある者特有の勘《かん》だった。急いで街道を外れると、その先にこの廃墟があった。小さな街道や旧道の外れには、よくこのような廃墟があることを、男は知っていたのだ。迷路のような町なかは、一時的に身を隠《かく》すにはもってこいの場所だと、男は喜んだ。案の定、廃墟に入ってしばらくたつと、自分を追う者の気配は消えた。

しかし、追っ手を振り切ったと安堵《あんど》したのも束の間、今度は、見たこともない大きな白い鳥が執拗に上空を飛び回り、男を狙っているようだった。それが不気味で、男はかなり焦っていた。

「なんなんだ、ありゃあ？ な、なんかのバケモンなのか？ そういやあ、この先の山ン中に、女の妖怪がいるって聞いたことがあるな……。そいつなのか？ 追っかけてきた奴がいなくなったのも、ひょっとしてあのバケモンがいたからなのか？ 畜生、せっかくここまで逃げられたのに……。こんなとこでバケモンの餌食《えじき》になってたまるか！」

男は、左手で宝石の入った袋を、右手で血に汚《よご》れた短剣を握り締《し》めた。用心深く、路地から空を見上げる。そろそろ陽が傾《かたむ》こうとしている空は、青みを増していた。

「ん？ 行っちまったかな？」

くるりくるりと旋回を繰《く》り返していた白い影が見当たらない。男はなおも用心し、しばらく縮こまって潜んでいたが、やがてそろそろと路地から這い出した。建物の前の道へ出ると、首を回して大きく空を見渡す。西に傾いた太陽が照らす大空には、白い雲以外何もなかった。同じく何もない大地。遠くに連なる山々の影が霞《かす》んで見えている。あの山を越えれば、確かまた人の住む町があったはず。山越えは過酷《かこく》なうえに、化け物が棲むという噂《うわさ》もあるので、迂回《うかい》するしか手はないが。

「へへ。バケモンめ、諦《あきら》めたみてぇだな。よっしゃ、あの山向こうへ行けりゃあ、酒と女が待ってる。迂回は手間がかかるがぁ、仕方ねぇ」

男は、山裾へと延びる道を下った。

廃墟から出ようとしたそこに、マントを羽織った背の高い男が立っていた。

「よ。やっと出てきたな」

マントの男は、軽い調子で言った。褐色《かっしょく》の肌に、青緑の目。獅子の髪。そして、額には目玉の刺青《いれずみ》。その姿に、男はギョッとして言った。

「バ……バビロン!?　三つ眼のバビロン!!」

バビロンは、男に剣を突きつけ、男の目の前で「手配書」を広げた。

「〝蜥蜴《サヴラ》のエレゾイ〟。生死を問わず、その首、六千カダム！」

エレゾイは、目玉を剝《む》いた。

「あ、あんた……、あんた、もう賞金稼ぎはやめたんだろ!?」

「はあ？」

バビロンは、エレゾイを足払いで転がした。

「いでぇ!!」

さらにその上から、頭を踏みつける。

「だぁれが、そんなこと言ったよ、ああ？」

「だって……だって、もう長いこと賞金首《クビ》狩りした話を聞かねぇって、街道筋の酒場とかで聞いて……」

と、エレゾイは、バビロンの足の下から苦しそうに言った。

「あっそう。そイじゃあ、賞金首どもは油断してんだろうなぁ。頑張って稼いじゃおうかな～。おめーを手始めに」

「じゃあ……街道から尾けてきたのは……」

「俺様だよ、蜥蜴《サヴラ》のエレゾイ君。おめー、結構な強盗殺人《ゴウサツ》やらかしてんなぁ。前のコロシで賞金跳ね上がってんぞ。裏街道の小せぇ酒場にも、手配書が回ってた。さっき見かけた時ぁ、嬉しかったねぇ～。確かに、今は賞金首狩りは本業じゃねぇが、思わず後尾けちまったぜ」

エレゾイはじたばたと身体を動かしてみたが、頭に乗ったバビロンの足はびくともしなかった。

「バ、バケモン……！　バケモンがいるんだよ、このへん！　あぶねぇぞ!!」

「バケモンって、白い大きな鳥のことか？」

「そうだよ！　お、俺を狙ってたんだ！　宝石を半分やるから見逃してくれ！　こんな物騒なとこから早く逃げようぜ！」

バビロンの足に、ぐっと力がこもる。

「ギャ――――、イデデ!!」

「自分の立場がわかってないうえに、バカだなぁ、エレゾイ君は。おめーの首はなぁ、繋がってても繋がってなくてもいいんだよ。俺ぁ、おめーを殺して、賞金も宝石も手に入れることができるんだぜぇ」

ニヤニヤと人が悪そうに笑うバビロンに、エレゾイは真っ青になった。

「やあ、やっぱり出てきましたね」

白い翼のようなものを抱《かか》えた、金髪の若者が現れた。

「おぅ。ララの作戦どおりだ。やっぱ、こいつ、それをバケモンだと思ったってよ」

バビロンが、白い翼を指差す。エレゾイは、バビロンに踏みつけられたまま、目玉をキョロキョロ動かした。

「あの廃墟を捜し回るよりも、本人が出てくるよう仕向けたほうが、ずっと効率がいいですもんね」

若者は、明るく笑いながら言った。自分を狙う妖怪が去ったと思うと、安心して表へ出てくる。これは、そんな「追われ者」の心理を利用した作戦だったのだ。

「騙《だま》してごめんなさい。これは、妖鳥でも何でもなくて、ただの機関《からくり》です」

エレゾイには、若者の言っている意味がわからなかった。ただ、あの白い鳥は妖怪ではなかったのだと気づいた。

「ち、畜生!!」

エレゾイがどんなに暴れても、バビロンの足は、やはりびくともしなかった。

「うぜぇなぁ。こちとら、死体でも賞金は貰えるんだけど、エレゾイ君？」

バビロンにそうすごまれて、エレゾイはしゅんとおとなしくなった。


エレゾイが引っ立てられた先には、この犯罪者がさらに目を剝くものがいた。

ウマとして使役される大型の有袋類《ゆうたいるい》リートが二頭、一人乗り用大型鳥類のエミウが二羽、見事な栗毛の馬が一頭、仲良く固まっている。その傍《かたわ》らには、顔を半分ベールで隠していても、褐色の肌に金髪が、いかにも南方の人種を思わせる青年と、赤茶の髪の赤ん坊、そして、十歳ぐらいの、素晴らしく美しい青い瞳をした美少女がいた。

その者たちは、バビロンと若者の姿を見て歓迎した。

「うまくいったようだな、バビロン、ナージス」

少女が、子どもらしからぬ口をきく。

「ララの作戦どおりでしたよ」

ナージスと呼ばれた若者が、白い翼を掲げて答えた。

「では、日が暮れぬ間に街道まで戻りましょう。野宿するにも、ここよりは街道沿いのほうがいい」

南方の金髪青年は、どこか中性的な雰囲気で言った。

「こやつは、どこまで連れていけばよいのだ？　山を越えたところにあるという町の駐在所までか？」

ララが、エレゾイを指差してバビロンに訊《たず》ねた。

「町まで連れていかなくても、その手前にでも教会がありゃあ、そこで引き渡しができる。こんな辺境でも、街道沿いにゃあ、ウロボロス教会はあるからな」

「そうか。教会が官憲の代理をしてくれるのだな」

二頭のリートが、興味深そうにエレゾイを見ている。エレゾイは、腹の底から奇妙に思った。

（三つ眼のバビロンの……連れ？）

バビロンたちの雰囲気は、そうとしか思えなかった。

（渡世人《とせいにん》が連なって歩いてるなんざ、聞いたことがねえ。まして、この面子《メンツ》……）

街道沿いを宿場町から宿場町へと渡り歩く渡世人たちは、たいがいが一人旅、もしくは二人連れである。彼らは単独行動で、その日暮らしの請負仕事や、賭博、賞金稼ぎで食っている。雇われ犬《サリヤカ》と呼ばれる連中が、その筆頭である。

渡世人のなかには、名のある剣客《けんきゃく》が多くいる。「三つ眼のバビロン」もその一人だ。褐色の身体に獅子の髪。青緑の瞳は水霊の棲む泉の色。額に第三の眼の刺青。街道を行く者なら、どこかで一度は耳にする。その剣は、黒魔術をも斬り裂くと。

だが、いつからか、三つ眼のバビロンは賞金稼ぎをやめたらしいと、噂が流れていた。街道でその姿を見かけなくなったとも。代わりに、裏街道で見た者がいるという話を聞いた。その時、三つ眼の剣客は子どもを連れていたと。

(それが……アレか!? でも、何で?)

エレゾイは、目を皿のようにしてララと赤ん坊を見た。

(え? ひょっとして、所帯を持ったのか? サリヤカから足を洗って? いや、洗ってねぇし)

盛大に首を捻《ひね》るエレゾイのもとに、赤ん坊がチョコチョコと近づいてきた。同じように首を捻ってエレゾイを見ている。

「…………」

短い赤い、ふわふわの毛。黒い瞳。リートのような可愛い顔をしていた。エレゾイは、口許《くちもと》を歪《ゆが》ませた。

「へっ、剣豪様の私生活なんざ、どうでもいいや。俺ぁ、それどこじゃねぇしな」

と、言うが早いか、エレゾイは両手を縛っていた縄を斬ると、目の前の赤ん坊を乱暴に抱《だ》き上げた。

「テジャ！」

ナージスが叫ぶ。

「動くなよ！　赤ん坊がおっ死《ち》ぬぜ!!」

テジャの首もとに突きつけられたのは、ほんの小さな小刀《メッサ》だった。短剣はもちろん取り上げられていたが、こういう時のために、この小刀《メッサ》を隠し持っていたのだろう。

空気がピリッとしたが、バビロンたちは誰一人慌てる様子はなかった。

「……ハ！　さすが、六千カダムの賞金首だ。油断ならねぇなぁ」

「宝石を出せ！」

「詰めが甘いな、バビロン。武器を隠し持っていることぐらい、想像がつきそうなものだ」

「武器を探すのに、汚《きた》ねぇ男の身体まさぐるなんざ、ゴメンだぜ。やるならおめぇがやれよ、ララ」

「嫌だ」

「宝石出せっつってんだよ！」

「そうですよねぇ。相手がナーガルージュナ様みたいなイイ男ならともかく。ねぇ、アティカ」

ナージスにそう言われ、金髪、褐色の肌の青年アティカは、苦笑いしながら肩をすくめた。

「おめーら、赤ん坊がどうなってもいいのか――っ!!」

バビロンたちの呑気な様子に、エレゾイが大声を張り上げる。

「その子を怒らせないほうがいいぞ」

ララが、優しく言った。

「え？」

テジャが、エレゾイを見上げていた。つぶらな黒い瞳の間に、深い皺《しわ》が寄っている。くわっと開いたその口に、牙が見えた。

「ギャ――――ッ!!」

荒野に、男の汚い悲鳴が轟《とどろ》いた。

テジャに噛《か》みつかれ深手を負った右手は手当てしてもらったものの、厳重に縛り上げられ芋虫《いもむし》のようになったエレゾイは、ナージスの引くエミウに荷物と一緒に乗せられ、街道を東へ進んだ。

エミウの背に揺られながら、エレゾイは、積まれた荷物の中に白い翼を見た。翼が折りたたまれて大きさは半分ほどになっているが、これがあの時の大きな鳥だったのかと思うと、不思議だった。

「……そぉ〜か、風使《アウラ》いか」

エレゾイは、合点がいった。少し前を行くエミウに乗る、テジャを抱いたナージス。まだ子どものようだが、上品で、いかにも頭も育ちも良さそうな若者だ。しかも、魔道士《まどうし》とは。しかし、魔道士のなかには若く見えるだけの者も多いので、この若者も実は年を経ているのかもしれない。

「でも、ますますわかんねぇな。渡世人が魔道士《マグス》とツルんでるなんざ……」

武器一つ、鍛えられた身体一つで、荒くれ者たちの世界を歩く渡世人たちは、魔道士という存在を嫌う傾向にある。

エレゾイは、先頭をゆくバビロンを見る。その後に続くララ。しんがりには、栗毛馬にまたがったアティカ。

　このアティカという青年も、やや細身だが、筋肉などを見ると、鍛え上げられている印象がある。実際、まったく隙《すき》のない雰囲気だ。南方《ロンバルド》出身の者には、特殊能力や特殊武術を身につけた者が多いと聞く。アティカは、まさにそんな人種に思えた。

「用心棒……。用心棒なのか！」

　エレゾイは、脳みそにピーンときた感じがした。

　三つ眼のバビロンが、大勢と行動をともにしているとすれば、それは用心棒の仕事をしている時だ。このなかに、「重要人物《グラド》」がいる！

「重要人物《グラド》……。あの、ララってガキが重要人物《グラド》だ！　三つ眼のバビロンと、あのアティカって奴に守られてるってこたぁ……結構な身分なんじゃねぇの？」

　ララの態度や口ぶりは、どう見ても平民のそれではない。相当高い位の者に思える。エレゾイは、自分の置かれている状況も忘れて、ララを人質にとればどのぐらいの金がゆすり取れるのかと考え、口許がだらしなく緩《ゆる》んだ。

「おい、風使《アウラ》い様よ」

　エレゾイに呼びかけられ、ナージスとテジャが振り返った。テジャはエレゾイを睨《にら》んだ。

「僕ですか？　まぁ、風使《アウラ》いといえばそうですけど」

　ナージスは、てへっと笑う。

「あのララってガキはヨ、どっかの大貴族の姫君かなんかなんだろ？　で、三つ眼の剣豪と南方の使い手を用心棒に雇ってるわけだ。おめえはさしずめ、御姫のお付きってとこじゃねぇ？」

　目をギラギラさせながらそう言うエレゾイを見て、ナージスは、ぷっと小さく笑った。

「そうだとして、だからどうだというんですか？」

「気持ち悪ぃんだよ！　おめーらの正体がわからねーとよ！」

「ああ」

「いやいや、それよりもだな。あの御姫を売っ払ったら、大層な金になると思わねぇか？　おめえだって、人の下に付いてるより、大枚持ってお大尽になるほうがいいだろが、ええオイ？　いっちょ、俺に乗っからねぇか？」

　ナージスは、明るい茶色の目を大きく見開いた。

「……すごいなぁ。あなたの考え方って、基本的にソレなんですね」

「どういう意味だよ？」

「お金のためなら、僕が主人であるララを簡単に裏切ると?」

「人間ってな、そういうもンだ」

エレゾイは、面白そうに笑った。

「どんなにお上品にしててもよ、やっぱ欲ってやつにゃあ、敵わねぇのヨ。本人がそれに気づいてねぇことはあるがな。それも気づかせてやりゃあ、コロッといっちまうもんなんだよ」

「本人は気づいていない……。それはあるでしょうねぇ」

エレゾイの言葉は、軽いが乾《かわ》いていてヒリヒリするようだった。現実が、いかに過酷であるのかがよくわかる。

「実学の極《きわ》みだなぁ、ナージス」

ララが振り向いていた。

「オット……。聞かれちまったか」

エレゾイが顔を背ける。ララは微笑んだ。

「悪いな。耳がよくてな」

環境によって、そこに生きる者もさまざまに変わる。エレゾイのようにしか生きられない者が、確かにいるという現実。

「この現実を、わしらはよく知っておかねばならん」

ララの言葉に、ナージスは深く頷《うなず》いた。それからナージスは、エレゾイに言った。

「僕はね、好きでここにいるんですよ。ララのお付きじゃなくて。これから、ララたちと冒険をしに行くんです」

「冒険？」

初めて聞く言葉だとでもいうふうに、エレゾイは目を見張る。

「お金儲《かねもう》けでもないし、ひょっとしたら死ぬかもしれないんですけど……」

「だ……だったら、何で？」

ますます目を見張るエレゾイ。ナージスは、小首を傾《かし》げた。

「ん〜。……やっぱり、ワクワクドキドキするから？」

「は？」

時を操る魔道士ビベカの孫、ナージス。この、ひょろりとした金髪の青年は、大魔道士の血を引いているわりには、機械や科学が好きな変わり者。一応、風使《アウラ》いの素質はあるものの、風霊《ふうれい》の力ではなく、純粋に機械と燃料の力を使って空を飛ぶのだ。そのための機械の翼アヴィヨンを、ナージスは独学で完成させた。これは、魔術が生活に浸透しているこの世界では、驚異的なことだった。

「だって僕たちは、これから世界を救いに行くんですよ！」

「へ？」

「氷の魔女とか、竜族の姫とか、何百年も生きている賢者や隠者、悪魔！……ひょっとしたら、天使召喚《しょうかん》を目の前で見られるかもしれない。これが、ワクワクドキドキしないはずないでしょう。あ、竜の姫ってのは、この子です」

ナージスは、テジャの赤い頭を撫でた。睨み続けているテジャを、エレゾイは怪訝《けげん》な目で見返し、首を振る。

「……何言ってっか、わかんね」

その科白《せりふ》を背中で聞いて、ララは、ふふっと軽く笑う。その先で、バビロンも笑っていた。

聖魔の魂は、聖なる力と魔なる力を同時に扱える特別な魂。魔女はそれを使い、魔神ウェンディゴのいる神界への扉を、この地上で開けようとしている。そうなれば、この世界は雪と氷に閉ざされてしまう。ララの戦いは、すなわち世界を救う戦いでもあった。

賢者ナーガルージュナのもとで、魔女のこと、そして魔女に対抗するには「天使召喚」しかないと教えられたララは、天使召喚法《ルマアデル》が記された「召喚魔法書《レメゲトン》」を持つ隠者、ノゴージャンのもとを訪ねる途中だった。ララと同じく、聖魔の魂を持つ竜族の姫テジャにならば、天使を降臨させることができる。聖魔の魂が、こちら側に二つある今が、魔女を倒す絶好の機会なのだ。

世界が崩壊する瀬戸際にいる——。

自分の問題だけではすまない、轟々《ごうごう》たる運命の激流の中にいる——。

「でも……、恐ろしくはない」

ララは、バビロンの背中を見つめる。

バビロンの左手の薬指に光る、赤い指輪。ララの血を固めて作った霊石。この指輪が、ララとバビロンの命と魂を繋ぐ。しかし、二人の絆は魔術が繋いだものではないと。ただ傍《そば》にいたい。ただ守りたいと。心からそう思い、抱き締め合った二人。あの時の思いを振り返る時、ララは何度でも溜め息が熱くなる。空から降りそそぐような光に、身体中が満たされる。

ララは、すべてを受け入れた。

魔女も、魔神も、世界の崩壊も……この道の先に何があろうとも、真っ直ぐ進むのだと。

「真っ直ぐ進んでゆける……！」

ララの手が、しっかりとバビロンに握られているから。ナージスやテジャや、アティカ、ナーガルージュナ、ビベカ、そしてララの育ての親のオババ、旅の途中で出会ったたくさんの人々……その思いや笑顔が、勇気となってララを支えているから。ララの心に満々と満ちているから。

そんなララの横顔を、エレゾイが見ていた。

バビロンを見つめるララの、青い青い瞳が潤んでいる。そこには、純粋な幸福感があった。無垢で、透明で、何の欲望も打算も汚《けが》れもない気持ち。根っからの犯罪者であるエレゾイにも、それはわかった。ただ、理解はできなかったが。

「金儲けでも何でもない冒険だと？　世界を救う？　ハ！　くだらねぇ」

エレゾイは、大袈裟に首を振る。人と人の間に、「純粋」などありえないと思った。あるのは子どもの思いぐらいだと。

「ヤクザもんを信用しちゃあいけねぇよ、御姫さんよ。あんたぁ、まだ子どもだからそう思えるだけさネ。魔術も斬り裂く大剣豪だっつっても、しょせんは賭場から賭場へ、地べた這いずる鼠《ねずみ》か蜥蜴《とかげ》だぜ」

「聞こえてんぞ！　少なくとも、おめーと一緒にすんな、蜥蜴野郎！」

前方から怒号が飛んできた。エレゾイは、ヒヒヒと下卑《げび》た笑いを漏らした。

「お前には、さぞかし実のない話に聞こえるであろうな」

ララが静かに言う。

「でもまぁ、いいではないか。馬鹿馬鹿しい話があっても。馬鹿馬鹿しい連中がいても。こんなにも広い世界なのだ。金にも名誉にもならんことに命をかける者たちも、存外たくさんいるものだぞ」

ララの潔い笑顔に、エレゾイは非常に居心地の悪い思いがした。

「お前さんら、綺麗な話で何かを誤魔化そうとしてんじゃねぇか？　お宝の話とか……よくできた詐欺《さぎ》とかよ」

「あくまでもそうきますか。一本通ってますね〜」

ナージスは妙に感心し、ララは呆《あき》れた。

「そう疑ってどうするのだ？　まだそこに喰《く》らいつこうという気なのか？　お前はすぐに縛り首になる身だろうが！」

「うおっ！　可愛い顔してキツイねぇー」

「ちなみにアティカは、〝修行のため〟に、同行してます」

ナージスがアティカを指して言った。エレゾイは、また目玉を剝く。

「修行のためって言う奴も信用できねー！　てめぇも男なら、いっぺんでも金と女のためって言ってみやがれ！」

「失礼な。アティカは女性ですよ」

「はぁあ〜〜〜!?」

仰天してアティカのほうを振り返ったエレゾイは、エミウから転げ落ちそうになった。アティカは、片眉を上げただけだった。

賢者ナーガルージュナのもとで剣の修行を積んでいたアティカは、さらなる修行のために、ララたちに同行し、ともに魔女に戦いを挑むことになった。鍛え抜かれた身体と精神。しなやかな青年に見えるアティカは、女性を欠片《かけら》も感じさせない「武人」そのものだった。

2　井戸のある場所《カレース》で

街道を東へ進む。大街道《ロードヴィア》とは違い、名もない道は人や物の行き来も少ない。このような、いわば準街道や旧街道は、大街道《ロードヴィア》と大街道《ロードヴィア》の間を細々と通っている（裏街道もこの範疇《はんちゅう》に入る。〝裏街道〟というのは俗称である）。大街道《ロードヴィア》にある、ヤクザが仕切っているような宿場町はなく、そういう意味では平穏かもしれないが、途中で行き止まりになっていたり、難所があったりと整備されていず、流れ者の犯罪も多く、やはり「辺境をゆく道」という感じが否めない。

景色はのっぺりと変化もなく、荒野に半分立ち枯れた雑木林などが続いた。遠くの山々が徐々に黄昏《たそがれ》に沈み、灰色の影になってゆく。

「そうか。街道をゆく時、お前が時々額を隠すのは、剣豪バビロンということを知られぬためなのだな」

ララは、時折バビロンが額の刺青を隠すことを不思議に思っていた。何気ないことなので、ララもすぐに忘れてしまうようなことだったが。

「デコの刺青あっての〝三つ眼のバビロン〟なんでな。これさえなきゃあ、俺みてぇながタイや毛色の奴なんざゴマンといる。よっぽどの目利きじゃなきゃ、気づかねぇよ。獲物に逃げられたくねぇからな」

いつもの癖で、街道では額を隠していたバビロンが「蜥蜴《サヴラ》のエレゾイ」という獲物を見つけたのだが、やはりエレゾイはバビロンのことを知っていた。第三の眼の刺青を隠しておかねばきっと悟られ、逃げられていただろう。

「せっかく獲物を見つけたんだから、ここは狩っとかねぇとな。六千カダムはでけぇもんな～」

それを聞いて、エレゾイは「けっ」と顔を歪めた。

そしてだいぶ陽も落ちた頃、道沿いに茶店や雑貨屋が並んでいるのが見えた。そこに、小さな教会もあった。

「やったね《ビヤン》！　やっぱりあった」

ウロボロス教の教会は、犯罪者の逮捕や拘留《こうりゅう》に協力している。このような辺境の地や、犯罪の多い地域にある教会には僧兵が派遣されており、周辺の警戒《けいかい》や犯罪者の監視に当たっている。賞金首などを突き出すと、賞金を立て替えてくれ、犯罪者を預けることができる。犯罪者は、後で司法局が引き取りに来る。

教会の横で、皆がそれぞれのウマを降りた時だった。エレゾイを厳重に縛っていたはずの縄が、バラリと解けた。エレゾイが、飛んで逃げる。

「俺ぁ、縄抜けができるんだ！　宝石は惜しいが、命が先だ！　あばよ!!」

その逃げ足の速いこと。ララたちは、呆気にとられた。

「……逞《たくま》しいものだ」

ララが、小さく溜め息する。

アティカが、足下から握り拳大の石を拾い、それを逃げ去るエレゾイめがけてブンと投げた。石は美しい放物線を空に描いて、見事犯罪者の脳天を直撃。遠くで小さな影が、バタリと倒れた。アティカは、うんと小さく頷いた。ララも、うんと頷いた。

「バビロン、拾ってきてくれ」

教会へ入りながら、ララが軽く言う。

「あ〜、もぉ〜、面倒くせぇなぁ〜、もぉ〜〜〜！」

バビロンは愚痴《ぐち》りながら、大股で歩いていった。

手配書の顔と、蜥蜴模様の刺青などが一致し、「蜥蜴《サヴラ》のエレゾイ」本人と確認され、ララたちに賞金が支払われた。その日は、教会の傍で野営となった。

周りに何もない荒野といえど、井戸《カレース》のある場所には草が茂り、井戸の周りには、夕闇草が純白の花を咲かせていた。薄闇に甘い香りが漂う。

「大きな臨時収入だ。山向こうの町へ着いたら、久々に宿に泊まって美味《うま》いものを食べようか」

「いいですね～」

「酒～」

火を囲み、ララたちは笑い合った。雑貨屋に米があったのでさっそく買い、とっておいた川魚の干物を入れた雑炊を作った。テジャは、出汁《だし》を取った後の魚の骨まで食べた。リートやエミウたちも、それぞれに草を食んでいる。

教会の僧が、ララたちに焼き菓子を持ってきてくれたので、ララとナージスとテジャは、大喜びした。その様子を微笑んで見ていたアティカが、懐かしそうに言った。

「師父《しふ》と初めて出会った時を思い出します。師父もこうやって、まだ子どもだった私に焼き菓子をくれた……」

こんな時は、唇からふと昔話が零れたりする。

アティカは、故郷《ふるさと》を山賊に襲われ、家族を殺された過去を語った。

南の海に面した小さな村に、アティカは優しい両親と三人の弟たちと暮らしていた。海で漁をし、畑を耕し、細々ながらも村は平和だった。

そこへ、ある日突然山賊どもがやってきた。小さな村は、あっという間に地獄となった。生き残ったのは、山賊どもの隙を見て逃げ出したアティカだけ。アティカは、炎に焼かれた村の惨状を目の当たりにし、血の海に横たわる家族を見て、意識を失った。

気がつけば、ただ歩いていた。どこに向かっているのかもわからないまま、血だらけ、泥だらけの身体をひきずって、アティカは歩き続けた。

「悲しみも苦しみも感じませんでした。その時の私は、空っぽだった」

と、アティカは、おだやかに言う。

それからまた、どこをどう歩いたのかアティカには記憶《きおく》がない。次に気づくと、道端の大きな木の根元に座り込んでいた。旅人が何人かそこを通り過ぎていったが、ぼろ布のようにうずくまるアティカを、子どもだと、いや人間とすら思わなかったかもしれない。

何時間か、何日か、とにかく時間が過ぎていった。ふわりと、頭を撫でられた。その優しい感触に、アティカの心に両親の面影が蘇ってきた。顔を上げると、そこに賢者ナーガルージュナがいた。

賢者は、アティカの前に膝を折り、黙ってアティカを見ていた。優しい目をしていた。真っ黒に閉ざされていたアティカの瞳に少し光が射し、やがてその金色の瞳が賢者を見た。

「水だよ」

賢者は静かに声をかけ、アティカの前に水筒から水をたらした。アティカはそれを呆然と見ていたが、ハッと気づくと、両手を差し出して水を受け、飲もうとした。しかし、

「アッア」

と、賢者が声をかけた。アティカが思わず動きを止める。賢者はアティカの両手をそっと取ると、優しく、優しく摺り合わせ、汚《よご》れを落とした。そしてすっかり綺麗になったところで、あらためてそこにたっぷりと水を注いだ。

「ゆっくり飲みなさい。たくさんあるから」

ひとしきり水を飲んだアティカに、賢者は焼き菓子を差し出した。それは苺《いちご》のジャ

ムをはさんだもので、その甘さが、アティカの身体と心を癒した。

「本当においしかった。生き返るようでした。事実、私は死にかけていたのでしょう。心がまず死んで、身体も後を追うところだった。師父が与えてくれた水と焼き菓子が、すべてを蘇らせてくれました。すべて。心も身体も。そして、悲しみと苦しみも……」

アティカの糖蜜色《とうみついろ》の瞳が、深い憂いに満ちる。どれほど時間がたっても、愛する者たちを残酷に奪われた悲しみは忘れることはできない。何もかもが遠い思い出になり、笑顔で話せるようになっても、忘れることはできない。

悲惨な記憶を思い出した少女アティカは、大声で泣き続けた。賢者はアティカが泣き疲《つか》れて眠ってしまうまで、ずっと抱いていてくれた。それからアティカをその先の宿場まで運び、傷ついた身体の手当てをした。

その頃、賢者はもうアマグスタにいたが、小旅行の途中だった。賢者は、縁があったと言い、アティカの身体が回復するまで面倒を見た。しかし、アティカは生きた屍《しかばね》のようだった。ぼんやりしては泣き、泣いてはぼんやりするを繰り返した。

「でも、師父は何もおっしゃらなかった。理由も聞かない。励ましもしない。ただ傍にいるだけ。ただ、食事だよ、お風呂に入りなさい、傷の手当てをするよ、と言うだけ……」

「何もしないことが、慰《なぐさ》めになることもあるな」

ララの言葉に、アティカは深く頷いた。

「あの時の私は、何を言われても、きっと悪い方向へしか捉えなかったでしょう。師父は、ちゃんと知っておられた。今は何を言っても無駄だと。励ましも、諭しも、何も響《ひび》きはしないと」

そんな時だった。賢者とアティカが逗留《とうりゅう》している宿場に、無頼の者が来て乱暴を働いた。食堂のテーブルをひっくり返し、酒をもっとよこせと暴れ、女給を無理やり抱き寄せ、連れていこうとした。それを見て、アティカは恐怖に駆《か》られた。しかし、賢者は庭に生えていた木の枝を手折ると、その小枝一本で、暴れる男を一瞬で倒した。その姿を見て、アティカは雷に打たれたように立ち尽くした。

「これだと思いました」

神の啓示を受けたように、アティカの頭の中は晴れ渡り、雷鳴が轟いた。ここでめそめそと泣き濡れていてはいけない。家族と村人の仇《かたき》を討たなければと。それができるのは、自分しかいないのだと。賢者なら、その力を与えてくれると。

「そうか……。生き残ったのは、アティカ一人だったから……」

ナージスが、悲しそうに言った。アティカは、笑顔で頷いた。

生きる力が湧いた。たとえそれが、絶望と悲しみと憎しみでも、アティカの命を繋いだのだ。アティカは賢者にすがり、剣の教えを乞うた。仇の顔も、どういう奴らかも覚えている。

「だからどうか、私に力をください！　あいつらを殺してみんなの仇を討ちたい！　あいつらを許しておけない！」

賢者は頷き、アティカの願いを受け入れた。

「恨んでいいよ。憎みなさい。今はそれがお前を支えているからな。剣を取る本当の意味を知るのは、その後でいい」

アティカは、賢者から剣を学ぶことになった。復讐のために。

「復讐するという目的があったからこそ、私は修行を耐え抜くことができました。師父は、山賊どものことを調べてくれました。山賊どもは全部で十二人。全員が賞金首でした。師父は、私の剣で山賊どもを殺してよいと申されました」

バビロンが噴き出した。

「そこはフツー、相手を殺しても死んだ者は戻ってこないから、復讐などやめなさいとか言うとこじゃねぇの!?」

アティカは、肩をすくめる。

「賞金首になるような重犯罪者など、仇を討たれてしまえばよいと」

「賢者殿らしい」

「達観してますよね〜」

ララもナージスも笑った。

「おっさんの言うこともっともだぜ。関係ない奴に限って横から、そんなことをしても虚しいだけだぞ、とかほざくんだよな」

「おっさんと言うな。そうだな。言葉は美しいが、血が通っとらん。戦争ならともかく、犯罪者などは因果応報だ」

ララも、そしてナージスも頷く。

「復讐しても死者は戻らないって、確かにそれは正しいかもしれないけど、それじゃ、当事者の怒りや悲しみをどうすればいいの？　って思いますよね。それは時間が解決するとか、他人が軽々しく言うな、ですよ」

そうしなかった賢者に、ララはさすがだと感服した。理想を掲げるのはたやすいけれど、現実は、生身の人間は、とてもそうはいかない。理想を軽々しく、無責任に他人に押し着せるのは、偽善というものだ。賢者は、生身の、等身大の、たった一人の孤独な少女が、生きるためにどうすればよいのか。その方法を的確に示したのだ。

アティカは、生きた。仇を討つという目的に支えられ、歯を食いしばって修行を耐え、見事剣士として生まれ変わった。

山賊どもの根城に堂々と一人で乗り込み、アティカは、十二人の山賊ことごとくを倒した。圧倒的な勝利だった。アティカ、十九歳。村を焼かれてから、五年がたっていた。

「その時の気持ちは、どうであった？」

ララの問いに、アティカは静かに答える。

「もうこれで、この者たちに理不尽に殺される者は、いなくなるのだと思いました」

ララは、うんと頷いた。

静かだった。自分の息をする音と心臓の音だけが響き、アティカは、生きていることを実感した。

息を整え、山賊どもの死体の間で血にまみれた剣を高く掲げる。

「お父さん、お母さん、弟たち。村のすべての人たち。今から山賊どもがそちらに参ります。存分に懲らしめてやってください」

もちろん、死者は戻ってくるはずがない。だが、虚しさはなかった。清々《すがすが》しい気持ちと、やり遂げた満足感がアティカを満たしていた。

そしてアティカは、賢者の言った「剣を取る本当の意味」を知ったのだ。

アティカを見守っていた賢者の前に跪《ひざまず》くと、アティカは剣を捧げて言った。

「この身を、生涯剣の修行に捧げます。どうかお導きを」

「力を正しくふるうとは何かを、もっと知りたくなりました」

アティカの笑顔は、おだやかで美しかった。

本当に強くなるためには、邪念があってはならない。アティカは、剣の修行を積みながら、それを悟ったのだ。強くなるために、憎しみや悲しみを昇華させてきた。仇と対峙する時のアティカの心は、澄み切っていたことだろう。その向こうに、これからの自分の姿が見えたことだろう。

「立派だぁ〜」

ナージスが感心する。

「お前も見習えよ、バビロン」

ララにそう言われ、バビロンは「ケッ」と言った。

「俺の剣は、美味い飯と酒のためにふるうんだよ」

「あははは！」

ナージスとアティカが、声を上げて笑った。

「まぁ、それも一つの、生身の者の、等身大の意見よなぁ」

ララは、うんうんと頷く。

世界を救うなどと、それはいかにも大それたことのようだが、ララが救いたいのは、生身で生きる者たちの、小さな、ささやかな幸せの積み重ねなのだ。それは、ララとて同じことだった。

（等身大の、すぐそこにある幸せなくして人は成り立たぬ。醜くとも、愚《おろ》かでも、血の通った思いなくして、人は成り立たぬ。それをなくしたら、人は怪物になるのだ。魔女アイガイアのように）

ララは、そう確信する。たとえ魔道士として人を超越した力を使えようとも、その基礎にある「人」の部分を捨ててはならないのだ。それがあってこそ、人は人を超越できるのである。怪物とならずに。

アティカは、人として苦しみ、憎み、悲しんだ。賢者がそれをよしとしてくれた。だから、再び人として帰ってこられたのだ。今度はそれを超越するために。人として、もっと高みへ行くために。

テジャたちとおいしそうに焼き菓子を食べるアティカを見て、ララもまた幸せな気分になった。

炎の赤色が、夕闇草の白い花弁に映っている。闇の中に赤々と照らし出される優しい景色。花と、緑と、木々。動物たちのおだやかな様子。そして、笑顔。

ささやかな、平和なひととき。この先にある巨大な危機など、夢のようだ。嘘のようだ。本当は、こんなことをしている場合ではないのかもしれない。だが、このひとときこそが重要なのだと、ララは思う。

幸いにも賢者が、テジャを尾け狙う魔物どもを一旦退けてくれたおかげで、ララの心にはずいぶんゆとりができた。魔女の呪いに縛られているララの魂と違い、テジャの聖魔の魂は、誰に狙われるやもしれない。よって魔女は、テジャが生まれたと知るや、追っ手を放ってテジャを尾け狙っていたのだ。その魔物どもはナーガルージュナの剣のもとに沈んだが、追っ手は再び来るだろう。魔女は、決して諦めない。

3　呪いの山で

「召喚魔法書《レメゲトン》」を持つという隠者、ノゴージャンの住むヴェルエド山は、メソド領の手前、ヴェーグという荒野にある。ララたちは、アマグスタからまず東へ進み、メソドの国境に沿って北へ進むという道を選んだ。

ララたちは今、目の前の山を越えればメソドの国境付近というところまで来た。山を越え、そこから北上すれば、ヴェーグ地方である。

翌日。ララたちは、山越えを開始した。広大な荒野を遮る《さえぎ》、さらなる岩の荒野。標高こそ、そう高くないものの、かなり大きなこの岩山は、越えるのに丸三日以上はかかるだろう。しかも、草も木もほとんどなく、暑く、寒い。湧き水もない。よほど旅慣れた者でも命懸けの難所である。当然人の行き来がなくなり、周辺が荒野と化すのである。しかし、旅を急ぐ者たち、大街道《ロードヴィア》をゆけない訳ありの者たちなどは、難所といえど腹をくって突っ切るしかない。ララたちも、食料、燃料の補充など、準備を万端にして出発した。

「急ぐ旅だが、焦らず行こう」

ララは、ネーヴェの首をぽんぽんと優しく叩いた。手足の指が五本に分かれているリートは、こういうでこぼこの大地でも器用に進むことができる。

「そなたの馬は大丈夫か、アティカ？」

振り向いたララに、アティカは笑って返した。

「ベルーイは、山馬だから平気です」

そう言って、アティカもベルーイの首を叩いた。山馬とは、山岳地帯に生息している野生馬である。馬だが、蹄《ひづめ》が二つに分かれている。気性が荒いが、手なずけるといい飼い馬になる。ベルーイは、美しい栗色のたてがみをなびかせ、喜々として岩山を歩いた。

ナージスの乗るエミウも、四本の爪でしっかりと足下を踏みしめて進んでゆく。岩ばかりの迷路のような景色だが、先頭をゆくバビロンの方向感覚は信頼できるし、その水竜の力で、水は大気からいくらでも作ることができる。難所越えに不安はなかった。

「そういえば、この岩山には妖怪が出ると聞きました」

と、ナージスが言った。

「ああ、エレゾイもそんなこと言ってたなぁ」

エレゾイは、ナージスのアヴィヨンをその妖怪だと思ったのだ。

「こんだけ荒れてりゃ、なんかいてもおかしかねぇサ」

大地に転がった、何かの動物の骨を横目で見ながら、バビロンは軽く言った。

「確かに。いかにも陰気なところだ」

ララが、少し眉を顰《ひそ》める。

空は青く晴れ渡っていた。朝の光と空気が、岩の大地に満ちている。しかし、生き物の気配はなく、景色は厳しく、貧しい。雨と風にさらされた岩は奇妙にねじ曲がり、複雑に入り組み、不気味な佇《たたず》まいだ。この厳しさ、不気味さ、そこに何もいない夜闇の恐怖、幾《いく》つもの失われた命の無念や嘆き。ララが「陰気だ」と言った意味は、こういうことだった。

「陰の気」は、そんな場所に発生するという。そして陰の気からは、陰のもの《ミディアン》が生まれる。魔族、夜族とも呼ばれるこれらの存在は、ただ暗闇《くらやみ》に潜むだけのものから、周りに害をなすものまでさまざまだ。

「山向こうの町じゃ、結構有名な妖怪らしいですよ。山に入った石掘りの男たちが、よく攫《さら》われるとか」

ナージスは、雑貨屋の女将に話を聞き込んでいた。

「事故ったんじゃねぇの？」

「渡世人らしい、現実的な意見だな、バビロン」

ララは、肩をすくめて笑った。

「これだけ厳しい環境の場所だ。事故で人知れず命を落とした者もいるだろう。すべてが妖怪がいるせいだとは思わんが、妖怪がいたとしても、わしらなら平気だろう!?」

四大精霊を自在に使うことができるララ。魔術をも斬り裂くという剣豪バビロン。そして、竜族の姫テジャもいる。剣の腕なら、アテイカも上等。

「ええ。安心です」

ナージスは、満面の笑みを浮かべた。

しかし、妖怪とはまた別の問題が起きてしまった。

岩山に入って二日目の昼頃、ナージスが倒れてしまったのだ。

その日の朝から、少し身体がだるいとか、肩が張っているような気がすると言っていたナージスだが、昼食をとろうと皆がウマをとめた時に、突然昏倒した。その時には、すでに顔が赤く腫れていた。

「これはいかん……！」

ララの表情が歪んだ。ナージスの白く細い身体は、高熱を発していた。

「風土病のようですね」

アティカの声は、冷静だけに深刻そうだった。

ララは、いつも持っている霊薬を飲ませてみた。滋養があり、免疫力を高める効能がある。しかし、ナージスの熱はいっこうに下がる様子がない。テジャが心配そうに、傍について離れなかった。

「お前やテジャは大丈夫だろうな？」

バビロンは、思わずララの手を握っていた。ララは、その手を握り返した。

「テジャは大丈夫だろう。わしは念のために、霊薬を飲んでおく。それにしても、どこから感染《うつ》ったのだろう？」

「あの犯罪者では？」

「蜥蜴《サヴラ》のエレゾイか？　だが、ナージスは奴と接触してねーぜ？」

ララとアティカとバビロンは、エレゾイを思い出していたが、やがてナージスの傍にいるテジャに目を向けた。

「……テジャを介して感染《うつ》ったのかもしれぬ」

テジャの世話は、主にナージスがしていた。移動する時も、ナージスが抱いている。

「竜の姫は、平気だったようですね」

「そこは、さすがと言おうか……」

おそらく、この病は「人が発症するもの」なのだろう。竜の血を持つテジャとバビロンは、感染しても発症しない。高い霊力《れいりょく》で守られているララ、そして南方の血を持ち、鍛え上げている強靱《きょうじん》な身体のアティカは、発症しにくいと思われる。

「一番非力で無防備な奴が罹《かか》ったか」

バビロンが、小さく溜め息した。

「熱が下がらねば、まずいことになるぞ」

ララの瞳には、焦りの色が浮かんだ。

「師父からいただいた薬も試してみましょう」

アティカが、手持ちの薬をナージスに飲ませた。

「おめえ、癒しの術《クラナード》とか使えねぇのかヨ？」

バビロンに問われたララは、小さく首を振った。

「癒しの術《クラナード》は、特別な修行を積んだ僧にしか扱えんのだ。俗世《ぞくせい》にいる者では、たとえ高位の魔道士でも、完全な癒しの術《クラナード》は施《ほどこ》せぬと聞く。妖精族《ニンフェウム》の中には、生まれつき癒しの霊力を持つ者もいるらしいがな。鎮静や催眠ならわしにもできるが、病気や怪我の回復は無理だ」

ララは、深刻な表情でナージスのほうを見た。

「山向こうの町へ行けば、医者がいるだろう。その医者なら、きっとこのへんの風土病に詳しいはずだ。今すぐにでも出発したいところだが……」

まだまだ、山越えには丸一日以上かかるだろう。しかも、かなり重篤《じゅうとく》な様子のナージスを、果たして動かしていいものかどうか、ララにはわからなかった。アティカが与えた薬の効果をじりじりと待ってみたが、やはり容態が良くなることはなかった。

「だい……じょぶ……。もう少し……したら……よく……」

ナージスは、苦しい息の下から喘ぐように言った。

「そうだ、大丈夫だ。すぐ良くなるぞ」

ララが励ますと、薄っすらと微笑んだナージスだが、その直後、ガクリと意識を失い、それきりになった。

「もう待てん。先を急ごう」

ララのその決断が、とても重いものであることを、バビロンとアティカもわかっていた。ナージスのこの状態で、ウマに揺られ山越えするなど、到底無理なこと。しかし、ここで手をこまねいていることもできない。

「ルーバーに乗せよう」

バビロンが、ナージスを抱えていくことになった。

ナージスの傍に張り付いて、泣きそうな顔をしているテジャ。ララはその頬を優しく撫でた。

「大丈夫だ。ナージスはきっと良くなる。皆で祈ろうな」

出発に向け、荷物を片付けようとしていた時だった。

「ララ！」

アティカが、鋭《するど》い声を上げた。

アティカが指差した先。高い岩の上に、人影があった。

「……っ!!」

バビロンは、胸の奥をドンと殴《なぐ》られたような気がした。

ララたちを見下ろすその顔は、布で半分隠されてはいるが、その赤い髪、白い肌の両腕の火蜥蜴《サラマンデル》の刺青には見覚えがある。ララも胸をハッと衝かれた。

忘れるはずもない姿。それは、グランディエ革命軍に雇われ、ララの命を狙ってやってきた暗殺者「黒い犬《モーザドウーグ》」の二人組の片割れだった。

ララを追ってきた――!!

ララもバビロンもそう思った。

ゴッ!! と、バビロンの殺気が立ち、傍にいたララの身体に鳥肌を立たせる。アテイカがそれを察し、テジャとナージスをかばった。

この赤い髪の男もそうだが、もう一人の緑の目の男は、相当の剣の使い手。今、ここで襲ってこられたら……。

「くそっ!!」

バビロンが、銀の長剣に手をかけたその時、男が右手を広げ、ララたちに向かって突き出した。まるで「待て」とでもいうふうに。

「!?」

それから人差し指を立てると、ゆっくりと左右に振った。

ララとバビロンは、顔を見合わせた。男は、じっと立っている。動く気配がない。

ララが呼びかけた。

「……そなた、あの時の殺し屋であろう。わしを追ってきたのか？」

男は、首を横に振った。

「グランディエ革命軍から、わしへの暗殺依頼はなかったのか？」

その問いに、男は今度は大きく頷いた。

グランディエ王朝最後の王の血を引くララを捕らえんがため、緑の目の男と赤い髪の男を雇った革命軍だが、二人は、バビロンが「人間以外《オンブレ・アルトロ》」とわかったとたん、あっさり契約を反故にした。「化け物とやりあうのは契約に入っていない」と。ララのことは諦めてくれるかとバビロンが問うたのに対し、緑の目の男は、次の契約次第だと返したが、どうやら革命軍から、ララの再度の暗殺依頼はなかったようだ。少なくともこの黒い犬《モーザドゥーグ》二人組には。

赤い髪の男は、ゆっくりとララのもとへ下りてきた。バビロンは、剣に手をかけたまま、ピリピリと気を張っている。

ふわりと、ララの目の前に男が下り立った。ララは、男と黙って向き合う。初対面の時はよく見る余裕もなかったが、光が入ると赤く見える、薄い薄い茶色の瞳。瞳が小さく、まるで紅玉のようだった。だがその視線が、ほとんど動かない。ララは、あらためて見たこの男の印象が、実に奇妙に思えてならなかった。容姿が、ということではなく、何か、どこか……。

「そなたらが今ここにいるのは、わしらを追ってきたからではないのだな。では、ただの偶然か？」

男は黙って頷いた。男はララを見下ろしたまま、その横でピリピリしているバビロンにも、その向こうにいるアティカたちにも、視線も意識も向けていないように見える。

（まるで、盲目のようだな）

と、ララは思った。それが、この男の印象を奇妙にしている原因なのか？

「そんな偶然、俺ぁ、信じられねーんだけど？」

バビロンがそう言っても、男は視線も顔も向けない。

「無視か、オイ。コラ」

男は、そう言うバビロンのほうへ手を突き出した。「待て」というように。

「そなた……口がきけぬのか？」

ララのほうへも「待て」と合図をし、男は、アティカのほうへゆっくりと歩き出した。

「オイッ！」

動きかけたバビロンを、ララが制した。

「バビロン！　アティカも、待て」

剣に手をかけたまま、アティカが頷く。

赤い髪の男は、極めてゆっくりとナージスに近づき、その傍らに立った。テジャが、男を見上げた。

「いいのか、ララ」

「テジャが怒っていない」

バビロンが、じりじりしながらララと男を交互に見る。

「テジャは、あいつらのこと何も知らねぇだろ」

「殺気があれば、テジャにはわかるはずだ」

テジャは、黒い丸い瞳を大きくしたまま、不思議そうに男を見た。くりんくりんと、しきりに首を傾げている。

やがて、男はまたゆっくりとした動作で、ナージスの傍らに跪いた。そして、ララたちがじっと見守るなか、男はナージスの顔に、ふーっと息を吹きかけた。次に、右手を顔の上にかざした。

「何をする気だ……？」

男は、かざした右手を、ナージスの顔から身体へゆっくりと動かした。まるで、優しく撫でるように。

「これは……」

ララの目には、男の手のひらとナージスの身体の間が、ぼんやりとわずかに光を放っているように見えた。その光はとても優しくて、美しくて、陽炎のように揺らめいていた。

「見てください、ララ」

アティカが、その変化に気づいた。ララもバビロンも、ナージスのほうへ身を乗り出す。

さっきまで、全身を赤く腫らし汗だくになって苦しんでいたナージス。しかし、その息が静まっている。

「あれ？」

バビロンが、盛大に首を捻った。ララも目を見張った。

「これは……まさか!?」

男がなおも手をかざし続けると、ナージスの肌からゆるゆると赤みと腫れが引いていった。やがて、腫れた顔もすっかり元通りになると、ナージスが、ふと目を開けた。

「おお……！」

「ナージス」

アティカが声をかけると、ナージスはゆっくりと顔をアティカに向けた。テジャが嬉しそうにその顔を覗き込み、額をぺちぺちと叩いた。ナージスの口許がほころぶ。

「気分はどうだ、ナージス？」

ララの問いに、ナージスは小さく頷いた。

「何だか……楽になりました。薬が効いたんでしょうか……」

その声は掠《かす》れ、汗は頬を伝い、まだ相当だるいようだが、ナージスが確実に死の危機から脱したことは明らかだった。

「癒しの術《クラナード》……！」

赤い髪の男を見るララの大きな瞳が、ますます大きく見開かれた。男は、相変わらず静かに、無表情にそこにいた。

「この者が、ナージスの病気を治したのですか？」

アティカは、目の前で見ても信じられなかった。

おそらく人相を隠すために、顔に巻かれた布。両腕に彫られた火蜥蜴《サラマンデル》の刺青も、いかにも「裏街道をゆく者」を象徴している。魔術的な刺青とは別の意味で、裏街道の者たちは、よく刺青を彫りたがる。それは、仲間内の結束の意味であったり、己の強さの証であったりした。いずれ堅気《かたぎ》の者のすることではない。

事実、殺しを専門に扱う「黒い犬《モーザドウーグ》」であるのだ、この赤い髪の男は。それは、とりあえず認められた職業ではあるが、それはあくまでも「裏社会」での話。とてもお天道様の当たる道を、大手を振って歩ける身ではない。

「癒しの手を持つ殺し屋だあ？　悪い冗談だぜ」

バビロンは、呆れ顔だ。

「少なくとも、とても高僧《グノーステイコイ》には見えんな」

ララは、ますます奇妙な思いがした。この「殺し屋」が、高等白魔術の修行を積んだ僧であるはずもない。だとすれば……。

「そなたは、生まれながらに癒しの力があるといわれる妖精族《ニンフエウム》なのか？」

男は、その問いに反応しなかった。ララを見つめたまま、微動だにしない。

「しかし……癒しの力とは、すごいものですね。師父から話だけは聞いていましたが、死の病を、こんなにもあっさりと治してしまうとは。こんな術師がもっといれば、どんなにか……」

アティカは、溜め息をもらした。

「おめえの師匠は、れっきとした高僧じゃねぇか。癒しの術《クラナード》はできねぇのか？」

と、バビロンに言われると、アティカは苦笑いして肩をすくめた。

「師父曰く、自分は向いていない、と」

バビロンは、ブハッと噴き出した。

「あー、そうだった。あのオッサンは、ボーズの皮をかぶった兵隊だもんな」

その高潔で上品な姿とは裏腹に、賢者ナーガルージュナは、双剣や神剣を使う、炎のような武人だった。

「こいつの印象と、正反対だぜ」

バビロンが、苦々しく男を見る。殺し屋にもかかわらず、癒しの手を持つ者、赤い髪の男。

ララが、男に近づいて言った。

「礼を言うぞ。ナージスを死の淵より救ってくれたこと、一生恩に着る。えーと……、そなた、名は何というのだ？　口はきけるか？　そういえば、相棒はどうした？」

男は、その言葉を待っていたかのように、ララに向かって手を伸ばしてきた。

「!?」

バビロンがピクリと反応したが、男はそれ以上何もしなかった。ただ、ララに向かって手を差し出したまま動かない。

「…………」

ララが、男を見つめる。何の表情もない、赤い瞳。だがそこには、重大な意味があるようだった。男が、ここにいる。その、大きな意味。

ララは、差し出された手に、自分の手を重ねた。そのとたん、男はララを抱き上げ、駆け出した。

「ララ!!」

バビロンが絶叫する。だが、ララは男の背中越しにバビロンに叫び返した。

「一緒に来てくれ、バビロン！　アティカ、ナージスとテジャを頼むぞ！」

ララを抱いて風のように岩を駆け上がる男の後を、同じく風のようにバビロンが追う。ララは男の行動を承知の上らしいが、わけのわからないバビロンは、気が気でない。

「何だってんだよ、くそったらあぁあ!!」

まるで背に羽でもあるかのように、険しい岩肌を飛ぶように走り抜ける男。その胸の中で、ララは男の「激しい焦り」を感じた。見上げる赤い両目は相変わらず無表情で、ただどこかを一心に見つめている。ララを抱く両腕は逞しくも優しくて、少女の身体を気遣《きづか》っていることがわかる。落差の大きな岩山を疾走しているにもかかわらず、ララにはその衝撃がほとんど伝わってこない。これは、それだけ男の身体と身体能力が優れていることを示していた。

（すごい身体だな）

ララは、男の胸を撫でてみた。決して筋骨隆々ではない、しなやかでやや細身の身体。この身体のどこにこんな力があるのか、ララは不思議だった。しかし、その胸の内には、暗い思いが吹き荒れている。それは、この氷のような外見からはかけ離れた、轟々と激しく、重いもので……。

（……絶望……。これは……絶望か？）

目を閉じたララの脳裏に、そんな思いが浮かんだ。そして、ララはハッと思い当たった。

（もしや、相棒に何かあったのでは？）

「待ちやがれ、ゴルァアア!!」

少し後方から、バビロンの怒号が聞こえる。

ララたちがいた場所から、どれぐらい離れただろう。岩山を東側に少し下った崖の中腹だった。崖にあいた洞窟へ、ララを抱いた赤い髪の男は入っていった。

「!!」

そっと下ろされたララの前に、男の相棒、緑の目の男が横たわっていた。

この姿も、忘れるはずがない。頭から全身をすっぽりと覆った黒衣に、黒灰色のマント。目だけを出したその姿は、緑色の瞳だけがやたらと印象的で、全体がはっきりしない黒い亡霊のように思えた。恐ろしい剣士であり、バビロンに斬りかかった時も、姿の見えない旋風のようだった。その死神の鎌《かま》のような刃《やいば》がバビロンの腕に食い込んだ時、ララはたとえようもない恐怖と絶望に打ちのめされた。あの時の緊張が、ララの身体をフッとかすめる。

だが今は、緑の目の男は、静かに横たわっている。ララは、それがただ眠っているだけではないことに気づいた。

「病気なのか?」

赤い髪の男を振り向いて問うた。

「いや、病気ならそなたが治すか……」

ララは、緑の目の男の傍らに腰を下ろした。

そこへ、バビロンが飛び込んできた。

「おい、ララ！」

「静かにせよ、バビロン」

バビロンも、緑の目の男を見て、一瞬ピクリと反応した。

「何だ、病気か？　いや、病気ならおめえが治すか」

顔を覆っていた布が下げられ、緑の目の男の顔がさらされていた。明らかにやつれている。それも、深刻なやつれであることが、ララにはわかった。

赤い髪の男が、緑の目の男の右腕を取り、手の甲をララに見せた。そこには、嚙み傷であろう跡があった。二本の牙が、手の甲に二つの紫色の穴を穿《うが》っている。

ララは、大きな瞳をグリグリ動かした。

「嚙み跡？　毒虫にでもやられたのか？　おめえ、そういうのは治せねーの？」

バビロンが首を傾げる。

「……そうか。これは、〝呪い〟だな!?　おそらくは、眠りの呪いだ」

ララが、大きく頷いた。ララの答えに、赤い髪の男も大きく頷いた。

「呪い⁉　え？　そういうのも、癒しの力で治せるんじゃねぇの？」

バビロンは、赤い髪の男を見たが、男は反応しなかった。緑の目の男をじっと見つめている。

「癒しの術《クラナード》が治せるのは、自然に起こる怪我や病に限られるようだ。呪いから起こる怪我や病というのは、根本の呪いを解かぬ限り起こり続けるし、このような、眠りや金縛《かなしば》りの呪いには、癒しの手は効かんのだな。そういうのは、退魔《たいま》の力の分野だからな。相棒は、このような状態になってどれぐらいになるのだ？」

ララが問うと、赤い髪の男は、指を四本立てた。

「四日か⁉　まずいな」

人間の身体は、三日水を飲まないと危険な状態になる。

「そろそろあぶねぇな」

バビロンが軽く言った。

「相当鍛えられている身体なのだろうが、それでもこれ以上は危険だ。そなた、その間どうしていたのだ？　誰かに助けは求めたか？」

赤い髪の男は、静かに首を横に振り、相棒の身体の隣を指差した。それは、「ここにいた」という意味だった。

「そなた、ともに死ぬ気か!?」

ララは驚《おど》いたが、バビロンは妙に思った。

「それが、何で急に動いたんだ？　……お前、ララが来たことがわかったのか？」

赤い髪の男は、少し頷いた。バビロンのこめかみに青筋が立つ。

「で、相棒を助けてもらおうってか？　ずいぶん虫のいい話だねぇ、ええ、コラ」

「バビロン、話はそこではない」

「え、どこ？」

ララの青い瞳が、男の赤い瞳を見つめた。

「そなたは、なぜわしが来たことがわかったのだ？　どこかで見ていたのか？　だが、そなたはこの洞窟にいたはずであろう？」

ララの言っていることがわからないというふうに、赤い髪の男は、首を少し傾げた。

強力な癒しの手を持ち、遠く離れた場所のララの存在を感知する。これは、相当の霊力の高さを物語る。

「でも、この呪いをどうしようもないわけか……。癒しの力があるほどの霊力ならば、この呪いを退けられそうだが!?　退魔の術は使えないのかな!?」

術師には、それぞれの得意分野がある。自分の性質に合わない魔力は使えない場合が多い。

(それでも、癒しの力といい、この男は、〝退魔系〟に思えるのだがなぁ?)

ララは、この男の正体がなんなのかが気になった。ますます奇妙な印象が強くなる。

「おめえはどうにかできるのか、ララ?」

「一時的に呪力を弱めることはできる。だが、完璧《かんぺき》に救うには、大元を絶たねばダメだ。これは、感染魔術といってな、呪いをかけた本人、または呪具の力を無効にせねば解けないものなのだ」

赤い髪の男は、じっと待っていた。ララは、男に言った。

「少しの間、呪力を退ける。相棒の身体には負担をかけるが、話を聞かせてもらうぞ」

「殺し屋どもを助ける気かよ、ララ?」

バビロンは、一応そう言ってみた。

「ナージスの恩義は返さねばならん」

ララは立ち上がり、男に宣言するように言った。

「相棒を助けるぞ、赤い髪の男よ。安心せよ」

その無表情な赤い目が、嬉しそうに細められた。

4　蛇女

ナージスは、たっぷりの水を美味そうに飲み干した。その様子を見て、アティカはほっと息を吐いた。

「よかった。これなら充分山越えができそうだ。町でゆっくり失った体力を取り戻しましょう」

「ありがとう、アティカ。テジャも」

傍らで、テジャも嬉しそうにナージスを見ている。ナージスはその頭を優しく撫でた。高い熱に冒された身体は、まだ充分な休養を必要としているものの、もう命の危険はないと確信できた。アティカもナージスも、胸を撫で下ろした。

そこへ、手に荷物、背中にララを背負ったバビロンが帰ってきた。

「お、もう起き上がってる」

「大丈夫か、ナージス？」

「ララ、バビロン」

微笑んだナージスは、ララたちの背後を見てハッとした。人を抱えた赤い髪の男がいた。

「紹介しよう、アティカ、ナージス。赤い髪の男が、グール。抱かれているのが、相棒のサーブルだ」

赤い髪の男グールは、文字もほとんど書くことができなかった。かろうじて、自分たちの呼び名を砂の上に書いたのだ。

「黒《サーブル》と朱《グール》なんざ、いかにも渾名《あだな》ですって名前だけどな」

と、実は自分の名前も「呼び名」のバビロンが言う。

緑の目の男サーブルは、ナージスの横に寝かされた。ナージスが、まじまじとその顔を覗き込んで一言。

「……美形ですね！」

「おめえ、命が助かった第一声が、ソレか。元気になって何よりだネ」

バビロンが呆れる。

「呪い？」

ララの話を聞き、アティカが眉を顰《ひそ》めた。

「うむ。さっき、グールから少し話を聞いたのだ。今から、サーブルからも話を聞く」

洞窟内で、グールは身振り手振りと、絵と少ない単語を土の上に描き、語った。話を聞いているうちに、ララにはグールの言いたいことがすぐにわかるようになった。

「噂どおり、この山には女怪《にょかい》が巣喰っていたのだ」

巨大な荒れ地であるこの山は、何もないようで、実は建材用のいい石が採れる場所だった。山向こうの土地は比較的豊かで、大きな町「ナツラット」がある。そこでは、この山は「ギガント」と呼ばれていた。

「そうか。このギガント山をはさんで、両側の土地は、〝西の果て〟と〝東の果て〟に当たるのですね」

「そうだ。メソド側から見て西の果ては豊か、エレアザール側から見て東の果ては荒野、というわけだ」

ナツラットの町からは、毎日のように男たちが山中へ石掘りに行く。この男たちが、女怪に狙われるのだった。

「サーブルとグールは、ナツラットでその噂だけは聞いていたらしい」

「二人は、なぜそんな危険な山へ？」

「二人が追っていた者が、山へ逃げ込んだからだ。彼らは、黒い犬《モーザドウーグ》でな」

「ああ」

アテイカは、グールのほうをちらりと見た。

「黒い犬《モーザドウーグ》だったのですね。暗殺を専門に請け負うサリヤカだとか」

グールはサーブルの傍らに座り、一心に相棒を見つめていた。まるで、忠実な飼い犬のように。

「二人は、用心深かったであろう。職業柄な」

それでも、グールがふと気づくと、サーブルの姿は消えていた。グールはむやみに捜し回らず、あらかじめ決めていた場所でじっと待っていた。やがてサーブルは戻ってきたが、その場で昏倒し、それきりになった。意識を失う前に、サーブルが言い残したことがある。

「山中で、女に会ったとな。荒れ地に似つかわしくない風体《ふうてい》だったが、隠者か魔道士かもしれぬと思ったと」

そして女は、サーブルの手を取ると口づけた。サーブルは、それが「攻撃」であると直感し、すぐさま女のもとから去った。だが、遅かった。

「呪いは、すぐに発動したはず。それでも、相棒のもとには辿り着いたわけだ。さすがと言おうか」

ララが褒《ほ》めたので、バビロンは「けっ」と顔を歪ませた。

「毒ではないのですか？」

「自然の毒なら、グールが治せるはずだ。毒だとしても、これは魔術的な呪いなのだ」

「呪いですか……」

アティカの眉間《みけん》の皺が、ぐっと深くなる。強大な魔法という力を、負の方向へ使うことが、武人として許せないアティカだった。

ララが、グールに言った。

「では、グール。儀式を始めるぞ。いいか？」

グールは、小さく頷いた。

女怪に悟られぬよう、周囲に結界を張る。それから魔法円を描き、その中にサーブルを横たえる。円内の四方に、香と水と塩を置き、複雑な呪文字でそれらを繋ぐ。ララはサーブルの傍らに座り、その額に呪文字を書き込んだ。

「呪いが退けば、意識が戻るであろう。だが言っておくぞ、グール。お前は、そこに控えていよ。魔法円の中へ入ってはならん」

グールは、目を細めた。そこには、不満と悲しみが見てとれた。初めて露になった感情だった。

「エクセ　エニム　ヴェリタテム　闇を破する光の栄光　魔を破する聖の栄光……」

ララの呪文の詠唱《えいしょう》が始まった。バビロンたちが見守る。テジャは不思議そうに、しきりに首を傾げていた。

土色の荒野に、呪文が低く、高く流れてゆく。雲のない青い空も大地も乾いていて、吹く風に砂埃《すなぼこり》が舞っている。太陽は、そろそろ傾こうとしていた。枯れたような灌木《かんぼく》が作るわずかな影が、大地でにじんでいた。

「……呪いよ、退け」

呪文の詠唱が終わった。皆が身を乗り出した。

サーブルの目が、ゆっくりと開かれた。グールが思わず駆け寄りそうになるのを、ララが手を挙げて制した。

サーブルの緑色の瞳が、午後の陽射しを吸《す》い込んで金色に光った。ララが、その瞳を覗き込む。奥深い緑の森に静かに横たわる湖。そこに朝陽《あさひ》が射し込み、水底が緑に、黄金に輝く。サーブルの瞳は、そんな色をしていた。

（そうだ……。あの時も思ったものだ。なんという美しい瞳かと。お前は大層恐ろしかったし、その恐ろしさも相まって、その緑王石のような瞳は、戦慄するほど美しかったぞ）

サーブルが、ララを見た。

「……こりゃあ、ファンム・アレース殿。お久しぶりでござんすねぇ」

さして驚いていないふうに、サーブルは軽く言った。「戦いの女神《ファンム・アレース》」と、この男は、かつて実在した少女剣士になぞらえて、ララをこう呼ぶ。しかし、その声は弱々しかった。

「奇縁《きえん》により、再び会うておる。時間がないのだ、サーブル。詳しい話は後にするぞ。わしの問いに答えよ。お前を襲ったのは、噂の女怪だな？」

「アイ。こんな山中に女がいることが、そもそも妙なんでネ、用心しやしたが、気づくともう傍に来ててねぇ、自分の手を取られているのを、俺ぁ、黙って見ておりやしたよ。ありゃあ、なんかの術かね？　白い顔に黒い髪の……いい感じの年増だったたねぇ」

サーブルは、にやりと笑った。

「呑気だな。よいか、サーブル。女怪に魅入られたお前は、女怪と繋がっている状態だ。お前は深いところで、女怪のことを知っているのだ。その情報を引き出すぞ」

サーブルは頷いた。

ララは、サーブルの額の呪文字の上に右手を置き、さらに呪文を唱えた。すると、サーブルの表情が歪み始めた。呪いが、ララの力の侵入を拒んでいる。ララが静かに問うた。

「女怪の正体は何だ？」

「…………」

サーブルが、いっそう苦しげに息を荒らげた。その息の下から、呻くように呟く。

「……へ……び……」

「蛇？　蛇妖《じゃよう》か。巣はどこにある？」

「……谷……の……向こう……盆地……」

「どこかわかるか、グール？」

ララが振り向いて問いかけると、グールは頷いた。

「蛇妖の手口は？」

「…………」

「攫われた男たちは無事か？」

「……つ……き、気を……つ、け……へ、び……か、数が……」

サーブルは何かを伝えようとしているが、それは言葉にならず、代わりに口から漏れるのは、苦しげな呻きだけだった。

「ダメか。強い呪いだな」

ララは溜め息をついた。

「術式を解く。これ以上は危険だ」

ララは、サーブルの額の呪文字を消し、魔法円に書かれた文字のうち、四方に当たる場所の文字を四つ消した。

「解」

苦しげだったサーブルは、再び静かな眠りについた。だが、さらにやつれたようだ。

「すんだのか？」

バビロンが問うた。ララが頷くと、グールが駆け寄り、サーブルを抱き締めた。それを見てバビロンは何か言おうとしたが、やめておいた。

「女怪は、何か男が抗《あらが》えぬ魔力を持つらしい。このサーブルが虚《きよ》を衝かれたのだからな」

「女怪の目的は何でしょう？　餌《えさ》ですか？」

「餌と……、男の精気だろうな。繁殖に使うのと、己の妖力を高めるためだ。女怪の場合は、だいたいそうだ」

「いろんな意味で男を喰って、若返るというやつですね」

「いろんな意味で」

ララとアティカの話を聞きながら、バビロンは「いろんな意味って何だよ！」と突っ込みたかったが、黙っていた。

「どうすんだ、ララ？」

「うむ。女怪は男に嚙みつき、〝眠りの呪い〟をかけて連れ去るようだな」

それからララは、バビロンを見て言った。

「バビロン、お前ちょっと行って、引っ掛かってこい」

バビロンは、飲みかけていた水をブハッと噴き出した。

「オイィ！　なに軽く言っちゃってくれてんの!?」

「心配するな。後を尾けて、お前がいろんな意味で喰われる前に助けてみせる」

「だから、軽く言うなってんだよ！」

二人のやりとりに、アティカは笑えてくるのを必死に耐えた。

「僭越ながら……その役、僕にやらせてもらえませんか？」

ナージスが手を挙げた。

「どうせ今は、役に立たないので。せめて囮《おとり》に」

「ならん」

ララは、きっぱりと首を横に振った。

「お前は、いつ病がぶり返すやもしれぬ身。お前のことは、サーブルともどもグール に預ける。そのほうが、わしらも安心して動けるというものだ」

ララは、すっくと背筋を伸ばし、岩山の向こうを睨み据えた。

「ゆくぞ！　男をたぶらかす女怪なぞ、捻り潰してくれる！」

「そうですね。断じて許せません」

アティカは、両手の指をボキボキと鳴らした。なぜかテジャも興奮し、両腕を交互に突き上げている。バビロンとナージスはその様子を見て、内心冷や汗をたらした。

「出発の用意をせよ、エサよ……いや、バビロン」

「わざとだろ！　今のわざと間違えたろ!!」

荷をまとめ、全員で、最初にサーブルとグールが決めたという場所に移動した。そこは、ナツラットの町から山道を半日ほど登ってきた地点だった。ちょっと開けた平地に、灌木がまばらに生えている。二人は、ここからこの先の細くなった谷を進んだという。

ララたちは、グールたちとウマたちを岩陰に残し、谷を目指した。

「気を付けて……！」

テジャを抱いたナージスが、心配そうに手を振る。ララは、笑顔で手を振り返した。

「大丈夫だ。グール、皆を頼むぞ」

ララとバビロンとアティカは、平地を進み、谷にさしかかった。ララがバビロンに言った。

「ここからは、お前が先に進め。わしらはお前に注意しながらついてゆく」

内心大いに不満なバビロンは、一つ大きく溜め息をついた。

「お前らこそ、気を付けろよ」

「心配などいらぬ」

そう言うと、ララはバビロンの左手を取った。その薔薇《ばら》の花びらのような唇が、バビロンの指の上にそっと落ちる。バビロンも、そしてアティカも、ハッとして固まった。

ララの青い青い瞳が、光を反射して揺らめいている。その視線の先に、バビロンの薬指に光る、赤い契約の指輪《エンゲージリング》があった。

「わしとお前は、結ばれている。時間も空間もすべて超えて、深く深く繋がり合っているのだ。その確かな証拠が、ここにある」

ララは、バビロンににっこりと微笑んだ。花が咲きこぼれるような笑顔。

「そして、ここにもある」

そう言って、ララは自分の左手を見せた。その薬指にも、紅玉の指輪がはめられている。バビロンがララに贈った指輪。雑貨屋で売っていた、霊石でも神石《しんせき》でもない、ただの色石《いろいし》だけれど、ララにとっては何ものにも代えがたい、愛しい宝玉。ララが満々と満たされている、目に見える証。

「行ってこい、夫よ。妻の名誉にかけて、お前を他の女になぞ決して渡さぬぞ」

「……ケッ。言ってろよ」

いつもの調子でバッと踵《きびす》を返し、ずんずんと歩いていったバビロンだが、耳のあたりが赤いのを、アティカは見逃さなかった。クスッと笑えてきたものの、アティカの胸は温かいものでいっぱいで、幸せな気持ちになった。

「そう……。あれは、契約の指輪でしたね」

ララは、小さく頷いた。

「わしとバビロンの命と魂を繋いでいる。特に、わしが危機に陥《おちい》ると、バビロンには如実にわかるのだ。主の命の危機は、すなわち下僕の命の危機だからな」

「魔術的に言ってしまうと、実に無粋ですね」

アティカにそう言われて、ララはちょっと目を丸くした後、とても嬉しそうに笑った。その笑顔は、アティカをまた幸せな気持ちにさせた。


もはや、命だけの繋がりではない。

命を投げ出しても、救いたい、守りたい、傍にいたい。

抱き締めたい――。

そんな、二つの魂。

寄り添って、一つになった魂。

バビロンは、谷を奥へと進んでいた。なるだけ自然な旅人風に。

「いや、俺の場合、何かを追ってるって感じにしたほうが自然かな」

などと、少々の演出をしながら。

狭《せま》い谷を、ひょうひょうと風が通り抜けてゆく。どこかで、石が崩れる音がする。

「ヒィー」と、空の遠くで鳥が鳴いた。谷から見上げると、空は青みを増し、遅い午後の太陽は、白くにじんだようにぼやけていた。

「蛇女ねぇ……」

サーブルの話によると、なかなか感じのいい年増らしい。

「いいね。色年増は、守備範囲内だ」

ニヤニヤしながら歩を進めると、谷を出た。そこは、岩の盆地だった。一面に灌木が生《お》い茂っている。どこからか、湿った空気が漂ってきていた。バビロンは、くんくんと鼻を鳴らした。

「湧き水はねぇと思っていたが、こりゃあ、どっかに地下水があるんだな」

果たして、そこが蛇女の巣か？

「ま。俺が都合よく狙われるのかどうかわからんがネ」

しかし谷には、石掘りたちのつけたであろう踏みしめた道があった。石掘り場は、この先なのだ。女怪が出るとすれば、これから……。と、思っていた時、バビロンは灌木の向こうに人影を見た。

「……っ!?」

バビロンは、胸の奥底がハッと衝かれる感じがした。

人影は、女だった。年齢の頃は、二十歳《はたち》ぐらいだろうか。少女と乙女のちょうど半ば。瑞々《みずみず》しい年頃だった。背中を覆う栗色の髪が、陽射しを浴び、時折金色に光っている。それはゆるやかな風になぶられ、白い肩を、腕を、サラサラと撫で伝っていた。薔薇色の頬と、今にも咲き初めそうな薔薇の蕾のような唇。

そして、青い青い、遥か北の国の空のような青い瞳。真っ直ぐに見つめられると、まるで透明な泉の底を覗くような思いがする。あまりの美しさに心は戦く。しかし、それは同時に痺《しび》れるように甘美《かんび》だった。

女は、ゆっくりとバビロンに近づいてきた。栗色の髪が、揺れる度にキラキラと光る。バビロンは、それを息もせず見つめていた。

「——ハッ!?」

と、気づくと、黒い女が目の前にいた。バビロンは、右手を取られていた。黒い髪に、金の瞳。黒い長衣。青白い肌に、青い紅を引いている。その青い唇が、バビロンの右手に落ちていた。

「あれ？」

そう思った時は、遅かった。女が、ヒヒヒと笑った。

「お前は、ずいぶん濃い血を持っているようだな。いい獲物を一匹逃がしたところだ。嬉しいぞ」

バビロンは、身体の自由が急速にきかなくなるのを感じた。目の前の女の言うことを聞かなくてはと、頭の半分がそう感じているのを、もう半分が客観的に見ているような、妙な気分だった。

(これが、〝呪い〟か!? 振り切ろうと思や、振り切れそうだが……。それは、俺に霊力があるからなのかな？)

「さあ、おいで」

バビロンは、手を引かれるまま女についていった。こうして、普通の人間ならば、否応なしに女怪についていってしまうのだろう。バビロンはそう解釈しつつ、ふとサーブルを思った。

(あいつは、これを振り切ったのか……)

さすがだなと思おうとして、やめた。

(敵は餌に喰いついたぞ〜。ついてきてるか〜、ララ、アティカ?)

バビロンは、心の中で谷のほうを振り向いた。

それにしても、最初、別の女に見えたのはどういうことだと、首を捻る。

(あれもこの女だよな!?)

サーブルは、「いい感じの年増」だと表現していたが、目の前の女怪は、そのとりだ。

(最初は別の女の姿をしていて……油断させるのか)

それが女怪の手だとしたら、バビロンはまんまと引っ掛かったことになる。

(チッ、こんなことララたちに言えやしねぇ。……あっ、ということは、サーブル《あいつ》もそうだったんじゃ!? クッソー、あのヤロ〜。情報はきちんと出せや!)

心の中でプリプリと怒りながら女怪についてゆくバビロンを、岩陰からララとアティカが見ていた。

「あっさり引っ掛かりましたね」

「双方な」

「そう」

アティカは、首を傾げた。

「女怪が近づいてゆくのに、バビロンは棒立ちでしたね。剣に手をかけることすらしなかった」

「女怪の魔力なのだろう。サーブルも言っていた。気づけば傍にいたとな。行くぞ、アティカ」

「はい」

灌木の向こうに小さくなるバビロンの姿を、ララとアティカは追った。

女怪に手を引かれて、バビロンは盆地の端まで来た。そこに、大地が口を開けていた。

（地下への入り口だ。ここが、蛇の巣か!?）

大地の裂け目は薄く、大人が腰をかがめてくぐらねばならないが、内部はぐっと開けた地下洞窟だった。湿った生臭い空気が満ちている。薄くたまった泥水の池に、動物のものらしき骨が無数に転がっていた。虫や小動物がその間を蠢《うごめ》いている。それを横目に見ながらしばらく奥へ進むと、バビロンの目の前に巨大な建造物が現れた。

（うお〜、何だコレ……）

それは、自然の岩壁《がんぺき》を掘り、整備したものだった。四角や丸の穴が無数にあいていて、それらを繋いだ階段が壁を這い回っている。踊り場や張り出しに松明《たいまつ》が焚かれていた。壁は、髑髏《どくろ》や蛇の彫刻でびっしりと覆われていた。まさに「魔宮」だった。

「!?」

自分の足下を見て、バビロンは嫌な気がした。足下は湿った砂で、そこに何かをひきずった跡が無数についていた。

(まるで、でかい蛇が何匹も通ったみてぇだな。あ、ヤな感じ)

女怪は、バビロンを魔宮の奥へ誘った。階段を下り、さらに地下へと下りる。洞窟の壁には水がしたたり、わずかな松明の明かりにぬめぬめと光っていた。嫌な臭いが強くなった。腐臭だった。陰気な場所に、女怪の嬉しそうな声が不気味に響く。

「ちょうど今夜は満月じゃ。月の霊力が強くなる頃、お前をいただこう。これで儂《わし》の力も、いや増しに増すというもの。ヒヒヒ……ヒヒヒヒ！」

女怪はそう言いながら、バビロンからマントや剣を剝ぎ取り、下穿《したば》き一枚にすると牢へ閉じ込めた。バビロンは、それをぼんやりと見ていた。

「いい子で待っておれ。夜、迎《むか》えに来る。逃げても無駄だぞ、ヒヒヒヒ」

女怪は、そう言って去っていった。

「……ハッ」

バビロンの意識が、完全に戻った。頭がスッキリし、手足の自由もきいた。

「あれ？　身体が自由になるぞ。何でだ？　サーブルは眠っちまったのに」

「……オイ、あんちゃん」

暗闇から声が聞こえた。バビロンが目をこらすと、いくつも並んだ牢の中に、男たちが捕らわれていた。

「ここぁ、餌の貯蔵庫ってわけだ」

男たちは、二十代から四十代ぐらい。ナッラットの町の石掘りなのだろう。男たちは牢内から手を伸ばし、バビロンに縋《すが》りつくように問いかけた。

「あんちゃん、今、何日だ？」

「ナッラットから来たのか？」

「俺らを捜してないか？　教会が討伐隊《とうばつたい》を組むとか、前に噂を聞いたんだ。あれ、どうなったんだ？」

「俺ぁ、ナッラットから来たんじゃねぇんだ。町のことは知らねぇ」

バビロンがそう言うと、男たちはしゅんとしてしまった。逆に、バビロンが男たちに問うた。

「みんな、攫われてきたのか？　女に会った時は、頭がボーッとすんのに、何で今はスッキリしてんだ？　みんなそうか？」

首を傾げる男もいたが、答えも返ってきた。

「蛇姫様のお傍にいないからだ。でも、蛇姫様から遠ざかれば死ぬと聞いた」

「蛇姫様って、あのババァのことか？　誰が姫様だよ。笑える」

男たちが、ヒャッと肩をすぼめる。

「バ……、そ、それは禁句だぞ！」

女怪の傍、ということは、おそらく女怪の魔力の届く範囲ということなのだろうと、バビロンは思った。女怪から離れれば意識は戻るが、離れすぎると、呪いは別の形で発動する。すなわち、眠ってしまうということ。そして、やがて死ぬ。

バビロンは、牢の格子《こうし》に手をかけてみた。それは鉄の棒であるものの、バビロンが少し力を入れると、グラグラと揺れた。

「お前ら、何で逃げねーの？」

男たちは、ばつが悪そうに顔を背けた。

「結局は、蛇女に喰われて死ぬんだろ？」

「そ、そうとも限らねぇんだ」

男たちの一人が言った。

「蛇姫様に忠誠を誓えば、命は助かるって……」

男たちは、表情を複雑に歪ませた。女怪に命乞いをし下僕として忠誠を誓うなど、人としては屈辱的《くつじょくてき》なこと。しかし、呪いをかけられた身では、逃げたら死ぬしかない。死ぬのは……やはり、恐ろしい。

「なっさけねー。それでも男かヨ」

とは、バビロンにも言えなかった。

霊力も魔力も武力も持たない普通の人間たち。日々ささやかな生活を営み、大きな事件も、血湧き肉躍るような冒険も、遠くに旅行に行くことすらなく、平凡に生涯を終える者たち。そんな者たちに、死を恐れるな立ち向かえと言っても、そう簡単に腹をくくれるものではない。地べたを這ってでも生き延びていれば、いつか救われる日が来るかもしれないと。それが、彼らには精一杯なのだ。

5　祭壇《さいだん》

ララとアティカは、地下洞窟の入り口の手前にいた。

「この下が、巣か」

「内部の様子がわからないのは危険ですね」

「……式鬼《しき》を飛ばしてみるか」

ララは入り口の前に立ち、呪文を唱えながら両手をもごもご動かした。すると、ララの開いた手の中から一匹の蝶が舞い上がり、ひらひらと地下へと飛んでいった。

「式鬼神……。使い魔の術ですね」

「小さなものゆえ、あまり詳しい情報は伝えられんが、おおまかなことでもわかればいい」

蝶は魔宮へと下りてゆき、真っ直ぐにバビロンのもとへ飛んだ。

　バビロンの牢の前で、蝶がひらりひらりと舞う。

「何で、ここに蝶が？」

　草花もない暗い地下洞窟に、蝶がいるはずもない。

「あ、こいつって、ひょっとしてララの式鬼神じゃ？」

　と、バビロンが思った時、女怪の怒号が轟いた。

「何か来た!!　なんじゃ!!」

　その声は、津波のように壁という壁を伝いながら、バビロンたちのもとへも押し寄せた。

「ひゃあああ!!」

　男たちが、恐怖に飛び上がる。

　バビロンは、ララの式鬼神のことだとわかり、咄嗟に蝶を摑んで握り込んだ。蝶は、バビロンの手の中で、光となって消えた。

　次の瞬間、女怪が牢の前に現れた。両目をギョロギョロと動かし、あたりを窺《うかが》っている。捕らわれた男たちは、牢の奥で縮こまって震えている。女怪は激しく首を振りながら、何度も何度も牢周辺を往復した。バビロンは知らぬふりで、牢内で明後日のほうを見ていた。

ひとしきりそこらじゅうを嗅ぎ回り、ようやく何もないと納得したのか、女怪は動きを止めた。そのまま渋い顔をして、何かを考えている。やがて女怪は、バビロンの牢に近づいてきて言った。

「お前、おいで。何やら嫌な感じがしたのでな、気分を変えたい。少し早いが、お前で口直しじゃ、ヒヒ」

女怪は他の牢も開き、捕らえた人間の男たちを出した。男たちは、全員で八人いた。

「お前たちもおいで。お前たちがこれからすることを見せてやろう」

差し出された女怪の手に、バビロンは手を重ねた。やはり、身体は自然と女怪に従った。

(抵抗しようと思えばできる……まだ)

バビロンは、女怪の呪いが最初よりも少し強くなった気がした。これが、呪いが「完全に効いた」からなのか、「まだまだ強くなる」のかは、わからなかった。

「……む！」

式鬼神が破れたことが、ララに伝わった。

「どうしました？」

「式鬼が破れた」

「結界に阻まれましたか？」

「いや、違うな。結構奥まで行った感じだ。バビロンもいた」

「何か、獣が吠えるような声がしましたね」

「女怪の叫び声であろう。式鬼に気づいたな」

「どうします？」

ララは、少し考えた後、言った。

「ゆこう。内部の様子はわからんが、バビロンの居所はだいたいわかる」

アティカは頷き、スラリと剣を抜く。二人は、地下へと侵入した。


バビロンと他の男たちを連れ、女怪は、魔宮の正面の階段を上った。

階段を上がった先には、ぽっかりとくり抜かれたような広間があった。床の中央には魔法円が描かれ、壁に点々と掲げられた松明で、空気はむっと暖められている。血が腐った臭いがする。ここは、儀式の間であるらしい。部屋の隅《すみ》や壁が、黒い染みで汚れていた。禍々《まがまが》しい雰囲気に、男たちが震え上がる。

しかしバビロンは、部屋の正面の祭壇に目が釘付けになっていた。一段高くなったそこには、バビロンの背丈ほどもある大きな像が据えられていた。それは、上半身が人間の女、下半身が蛇の「半人半蛇《メルギユイヌ》」の立像で……。

（翡翠《ひすい》……！　翡翠だ!!）

濃く、深い緑色の表面は何の継《つ》ぎ目もなく、その奥まで上質だと誇るように、松明の炎を映して艶々と輝いていた。

（え？　切り出し!?　こんなでけぇお宝の話なんざ、聞いたことねぇぞ）

バビロンは、久々に鳥肌が立つほど興奮した。この翡翠の塊《かたまり》の価値は、計り知れない。

横目で懸命に立像を見ているバビロンの手がグイと引かれ、床の魔法円の中へドッと倒された。

「え？」

その身体の上に、女怪がどっかりと跨《また》がる。

「さあ、聖なる儀式を始めるぞ。我が恋人よ」

その言葉の意味を悟り、バビロンは、全身に先ほどとは違う鳥肌が立った。

「え、ええ〜!?　ここで？　今？」

女怪は、バビロンの身体をまさぐりながら、うっとりと言った。

「久々に、心ゆくまで楽しめそうな男じゃ。嬉しいぞ。このあたりの男どもにはろくな奴がおらんでのう。身体は逞しくとも、肝《きも》が小さい。途中で死なれては、興ざめというものじゃ」

女怪は、ぬめぬめとした目を、魔法円の傍に並ばせた男たちに向けた。男たちはもう、そこで気絶しそうだった。

「ついこの前、渡世人風の男を逃がした時は、地団駄を踏んだぞ。だから、お前は逃がさぬ。あの男の分まで楽しませてもらうとしよう。ヒヒヒヒ」

女怪の血のように赤く長い舌が、バビロンの胸から首筋を舐め上げる。バビロンも気絶したくなった。

その時、女怪の身体がビクーンと大きく震えた。かと思うと、

「うあああ!!」

と、おぞましい悲鳴を上げた。その声に、バビロンたちも悲鳴を上げそうになった。

女怪は、白目を剝いて絶叫した。

「女！　女が来た！　儂《わし》の結界に女が入った!!」

(ララ……!?)

「おのれぇええ!!」

髪も衣も振り乱し、女怪は恐ろしい勢いで部屋から飛び出していった。

魔宮の正面の広場の岩陰に、ララとアティカは潜んでいた。

「地下洞窟の奥に、こんなものが……」

その不気味な雰囲気と漂う腐臭に、アティカは顔を顰《しか》める。

「自然の岩壁を掘り、整備したのだな」

ララはぐるりと見渡して言った。

「ここでは、霊弓《マルフート》は使えんな。天井が崩れては困る」

ララは、念のため霊弓《マルフート》を背負ってきていたが、竜をも倒す大きな威力があるため、このような閉ざされた場所では使えないのだった。

「ここに女怪一匹ということはあるまい。用心せよ」

「はい」

ララとアティカが歩を進めたその時だった。

正面の階段上に、鬼《おに》の形相をした女怪が現れた。

「!!」

ララとアティカを見下ろす女怪からは、真っ黒い妖気が轟々と立っていた。

「小娘ども……。よくも儂《わし》の神聖な結界を侵したな！　その汚らわしい身体、細切れに引き裂いてくれる!!」

そう言う女怪の両目は吊り上がり、両目の瞳は、まさに蛇のように細く縮んでいた。

「ひょっとして女人禁制の結界だったか!?　しまった……！」

ララが舌打ちした。

女怪の横に、バビロンがひょこっと顔を出した。それを見たとたん、ララはバビロンを指差し、思わず叫んでしまった。

「わしの男じゃあ!!　手を出すな!!」

女怪の叫び声もかすむ絶叫が、魔宮中に轟き渡る。女怪もバビロンも驚いて目を剝いた。それから女怪は、高らかに笑った。

「笑止!!　まだおむつも取れていないような幼子が、何を世迷言を！」

バビロンがハッとして振り返ると、男たちも目を剝いていた。

「〝わしの〟……!?」

「〝男〟……!?」

バビロンは、両手をブンブン振った。

「違うぞ!!　俺は、少女趣味なんかじゃないからな！　断じて!!」

「おままごとなら、年相応の男の子とおやり、お嬢ちゃん」

馬鹿にする女怪に、ララは、これまた大声で言い放った。

「男はな、女は若いほうがいいのだ！　ババア!!」

この瞬間、男全員、一人残らず恐怖に倒れそうになった。

ブチン！と、女怪がキレる音が、バビロンには聞こえた。女怪は、両腕を大きく広げ、叫んだ。

「出合え、儂《わし》の男どもよ！　汚らわしい侵入者を、八つ裂きにせよ!!」

ざわりと、空気が変わった。ララとアティカが身構える。

暗闇の奥から、ずるずると重いものをひきずる音が近づいてきた。

「ひゃあああ!!」

それを見て、人間の男たちは抱き合って悲鳴を上げた。迷宮のあちらこちらから現れたのは、上半身が人間の男、下半身が蛇の姿をした蛇男だった。

「蛇男《メルギエヌ》！」

灰色の肌、金色の目、腰から下の蛇の部分は大きな鱗《うろこ》にびっしりと覆われ、一抱《ひとかか》えもあろうほど太かった。それをうねらせるようにして前に進むと、上半身が躍るように揺れる。ハーッと、顔を歪め息を吐くと、口許に二本の牙が見えた。おぞましい姿だった。蛇男どもは、ゆらゆらと揺れながら、ララとアティカに迫っていった。

「……約三十四」

「気を付けよ。牙は、おそらく毒牙だろう。皮膚をかするだけでも危険と思え」

アティカは剣を構え、ララは毒水の入った水袋を用意した。女怪が、面白そうに言った。

「お前は、お前の男を助けるためにここまで来たのかえ？　ヒヒヒ。その純情は褒めてつかわそう。だが、もうこの男はお前のものではない。さあ、行くがいい。行って、小娘を殺してしまえ!!」

女怪は、バビロンに階段を下らせた。

「この者に剣を！」

蛇男の一人が、取り上げていた銀の長剣をバビロンに返す。

「この男は何の躊躇もなくお前を殺すぞ、小娘よ！　絶望にのたうち回って死ね!!」

蛇男たちが道を開けるなか、剣を構えたバビロンが、ララに近づく。ジャリ、ジャリと、砂を踏み締める音が魔宮に響いた。残酷な笑みを浮かべる女怪の後ろで、人間の男たちが震えながら、泣きそうな顔でララたちを見ていた。

「…………」

アティカがチラリとララのほうを見る。ララは無表情にバビロンを見つめていたが、その青い瞳には、揺るぎない確信が満ちていた。

（ああ――……）

アティカは、心の中で深く頷いた。

ララとバビロンは、向き合った。ララの青い瞳と、バビロンの青緑の瞳が見つめ合う。アティカには、二人の間に聞こえぬ会話が交わされているように映った。

『大丈夫か』

『大丈夫』

そんな、何気ないやりとりのように思えた。それはほんの少しの間だったが、とても長く感じるような、濃密な瞬間だった。

その時、アティカの足が小石を引っかけ、カチリと小さな音がした。ララとバビロンの空気に呑まれ、一瞬固まっていた蛇男の一人が、その音に弾かれるようにララに襲いかかった。

ズバッ!!　と、蛇男を斬り倒したのは、バビロンだった。二つに割れた身体が、血飛沫に沈む。

「な、何っ!?」

女怪は、愕然《がくぜん》とした。

ブン！　と剣を振り血を飛ばすと、バビロンは軽く言った。

「悪ぃな、蛇姫様。儀式ができなくて、ちょイと惜しい気はしてる」

ララとアティカは、顔を見合わせて笑い合った。

女怪の両目が、今にも飛び出しそうに見開かれた。

「なぜじゃ？　お前はもう、儂《わし》の下僕のはず！」

ララが、女怪に向かってふんぞり返る。

「こやつを下僕にしたのは、わしが先じゃ!!」

「下僕下僕、言うな!!」

女怪は、ハッとした。

「そうか……、契約の魔術を結んでおったのだな」

「それぐらいわからんのか、ヘボ魔道士が!!」

ララに吠えられ、女怪の顔が赤く膨《ふく》らんだ。

「小娘〜〜〜っ!!」

「ララ、あんま刺激すんじゃねえよ!!」

蛇男どもに、女怪の命令が下った。

「小娘と女を殺せ!!　男は取り押さえよ!!　お前たちの絆など、儂《わし》が引きちぎってくれる!!」

飛びかかってくる蛇男たちを、アティカとバビロンは斬り倒し、ララは毒水を浴びせた。

「カーン!!」

ドッ！と、爆裂毒に半身を吹き飛ばされて、蛇男が倒れる。

「ツアール！　ブグルートム　イア　イタカ……ラメド!!」

雷精が召喚され、地下の暗い空間にバリバリと稲光《いなびかり》が走り、五、六匹の蛇男が同時に倒れた。

「あの小娘……魔道士なのか！」

その事実に驚きはしたものの、女怪にはまだ余裕があった。

「肝じゃ！　小娘は殺して肝を取り出せ!!　儂《わし》が喰らう!!」

その命令を受け、黒焦げになりながら、半身を吹き飛ばされ、斬り落とされながらも、蛇男たちはむくむくと立ち上がってきた。

「生死人《アバーヒ》！」

黒魔術における不死者《マクロビアン》を、総じて「生死人《アバーヒ》」と言う。魔道士の呪術によって「そう生み出された者」、「不死の呪いをかけられた生者または死者」などに分かれる。その身体は、死に至るような傷を受けても死なないが、傷は再生しない。手足と首を落として動きを封じるまで、術者の命令に従い続ける。

「首を落とすってなぁ、ヤなもんなんだよなぁ、コレが」

そう言うババロンの息が上がっている。大量の汗が、身体中を伝い落ちている。

「ババロン……」

「悪ぃ。すんげー、しんどい」

女怪が、ララたちを見下ろして薄笑いしていた。

ババロンの中で、女怪に抵抗する力と従おうとする力が鬩《せめ》ぎ合っていた。それが、ババロンの心と身体に多大な負担を強いているのだった。

「儂《わし》の呪いを受けて、まだ自在に動けるその精神力を褒めてとらす。ますます、お前を喰らうのが楽しみになってきた」

女怪は、舌なめずりしながら下卑た高笑いを上げる。

「だが、いつまでもつかな、獅子の髪の剣士よ？」

闇の奥から、またずるずると不気味な音が聞こえた。あちこちの穴の奥から、まだ何十という蛇男どもが這いずり出てきた。

「まだ、あんなに……！」

先に出てきた蛇男どもは、深手を負いながらも、まだ全部が動ける状態だった。そこに、同数ほどの蛇男が、ララたちを取り巻こうとしていた。

「マズイ……」

ララの眉間に深い皺が寄った。

「アハハハハ!!」

女怪が、腹の底から面白そうに笑っている。バビロンは、汗をたらしながら言った。

「ララ、アティカ、一旦退《ひ》け！　俺は残る！」

「バビロン!?」

「どうせ俺ぁ、結界から出られねぇんだ。一匹でも、こいつら倒してやる！」

「ならん！」

ララは、大きく頭を振った。

「迷ってる場合かよ！　作戦練って出直してこい!!」

その間に、バビロンがどうなるか。ララは、ゾッとした。置いてはいけない。バビロンが眠りの呪いに落ちてもいい。連れて出なければ！　ララは、バビロンに縋った。

「置いてはいかん！　絶対に!!」

「ララ!!」

その時、ララたちの後方、洞窟の入り口の方向で、蛇男たちが続けざまに倒れた。

「何っ？」

全員が、その方向を見る。

グールが立っていた。そして、その後ろには、テジャが、ちょこんといた。

「グール!?」

「テジャ……なぜ、ここに!!」

と、ララが言おうとした時、蛇男どもが、急に騒ぎ始めた。

蛇男どもは、顔を覆い、身体を抱き、怯《おび》えたように身悶えた。ずりずりと後ずさりしてゆく。それは、テジャの近くにいる者から、瞬く間に全体へ広がった。

「オオオ――――ッ！」

「な、何だ？」

バビロンもアティカも驚き、キョロキョロした。

ララは、瞬時にあたりを見回し、何事が起きているのかを見定めようとした。

（蛇女は……）

階段の上で、女怪もまた驚いていた。

「なんじゃ? どうしたというのだ、お前たち!」

女怪はそう言いながら、階段を下りようとしていた。

ララは、テジャのほうを振り返った。テジャは、怒っているふうだった。正面を睨んでいる。

(女怪を……睨んでいる?)

そして、グールの足下に倒れた蛇男を見て、ララはハッとした。それは、人間だった。

(人間? さっきまで、確かに蛇男だったはず! この蛇男たちは、もと人間だったのか。そうか! 女怪に変化の呪いをかけられていたのか!)

だとすれば、なぜその呪いが急に解けたのか? ララは、グールを見た。抜いた剣には、血が滴《したた》っている。相変わらず無表情に、あたりを見回している。

(グールが斬ったから? あの剣は、退魔の剣には見えない。とすれば、グールの剣法そのものに力があるということになる。やはり、グールには退魔の霊力があるのだ)

テジャが、蛇男どもの間を進んだ。蛇男どもはますます怯え、後ずさり、悲鳴を上げた。蛇男どもは、明らかにテジャを恐れていた。バビロンは驚き、呆れた。

「何だぁ? こいつら、赤ン坊が怖ぇのか?」

そして、階段を下りる途中の女怪とテジャの目が合った。とたんに、女怪の顔が恐ろしく歪んだ。

「あああ……」

女怪は震え上がり、棒立ちになった。テジャは、さらに女怪を睨み据える。

「ああああ!!」

逃げることもできず、女怪はその場でただ叫ぶだけだった。

そして、テジャは大きく息を吸い込むと、女怪に向かって吠えた。

「ヤァアアア――ッ!!」

テジャの吠え声は魔宮中に轟き、大気を震わせた。ララたちは、身体を揺さぶるような音の波動に、耳を塞ぎ、しゃがみ込んで耐えた。蛇男たちが、バタバタと倒れる。

(これは……霊力があるという、竜の叫び声《ヴォワ》。竜歌《ミリザム》か!)

霊力や魔力を持った声を、霊声《ミリザム》、魔声という。もともと具《そな》わったもの、修行によって身につけるものなどさまざま。身体や意思の自由を奪うものから退魔まで、効力もさまざまである。

霊声《ミリザム》を正面から浴びせられた女怪は、階段に叩きつけられるように倒れ、下まで転げ落ちた。続いて階段の上の部屋から、大きな重いものが倒れるような、物凄い音がした。

シン……と、静まった魔宮。

ララたちが顔を上げると、倒れた蛇男たちは、皆人間の姿に戻っていた。

「呪いが解けた！」

ララは、階段下で紙のようにぐしゃぐしゃになった女怪を見た。

「そうか。呪いをかけた者が死んだから……？」

テジャは、フーッ、フーッと、大きく息をしていた。

「何が起こったんだ？」

バビロンもアティカも、目をパチクリさせた。

「蛇男たちは、人間だったのですか」

「この者たちも、攫われてきた男たちなのだろう。女怪の呪いにかかっていたのだ」

「えっ、もしかして、俺もあんなのになったのか？」

バビロンは、右手の甲についた牙の跡を見てゾッとしたが、ララは首を振った。

「どうも、それとは別の呪いに思えるな。というか、こういう複雑な呪いは、もっと手間がかかるものだ。ただ嚙みついただけではな」

アティカは、倒れた一人に触ってみたが、その身体は冷たかった。

「死んでいる。呪いが解けたのに……せっかく……。あんな姿に変えられたうえに、不死の呪いまでかけられて……。何て残酷な……」

男たちは、皆死んでいた。しかし、その顔は安らかだった。まるで、呪いから解放されたことを知っているかのように。

テジャが、女怪の死体を見下ろしている。

「テジャは、どうしてここに？　テジャの吠え声が、女怪を倒したのですか？」

「それはまぁ、後回しだ」

ララは、階段を上った。皆が後に続く。

広間の端っこに固まって、男たちが震えていた。バビロンが声をかける。

「もう大丈夫だぞ、お前ら。家に帰れるぞ」

祭壇に飾られていた翡翠の像が倒れ、粉々に砕けていた。

「うわっ、壊れてる！　もったいねー。コレ、丸ごと売りゃあ、大層なお宝になったのになぁ」

「これは、何だったのだ？」

「翡翠だよ。翡翠の像！　俺の背丈ぐれぇある、でっかいもんでなぁ。あー、もったいねー。いや、もちろん、こんだけ上等の翡翠だから、欠片だけでも値打ちはあるがヨ」

「どんな形をしていた？」

「蛇女《メルギュイヌ》だよ」

「…………」

ララは、頭の隅にふと何かが浮かんだ気がした。

緑の破片に交じって、黒い液体が大量に落ちていた。ララとアティカが覗き込む。

液体は、血に間違いなかった。翡翠の像の中に入れられていたのだ。

「どういうことでしょう？」

ララはしばらく考えたが、やがて、先ほど浮かんだものの答えがわかった。

「……メドー教……メドー教だ！」

「メドー教!? 何信仰ですか？」

「もとは、もっと北西にある地方の竜信仰から独立した邪教だ。女司祭が黒蛇を祀《まつ》り、生け贄を捧げて人を呪ったため、その地方から追放されたらしい。そうか……。女怪は……その女司祭のなれの果てか……！」

当時は、まがりなりにも司祭という聖職者であった女は、妖術を操り、人を攫い、殺し続け、ついに自らが蛇の妖怪と化した。人間であった頃は信者も多く抱え、メドー教という名も知られていたが、邪教ゆえにあちらこちらで迫害を受け、信者はいなくなり、女怪はこの地に流れ着いたのだ。

「この血は、信者の血……かつては、信者たちが信仰の証として、血を差し出したそうだ。今は、これは蛇男たちの血。彼らは信者ではないがな。ここに血を閉じ込めておくことで、変化の呪いがかかるのだ。そうか、呪いが解けたのは、これが壊れたからだな」

「血が解放されることで、呪いが解けたのですね」

ララは、テジャを見た。グールに抱かれて、欠伸をしている。もぐもぐと口を動かしているのは、空腹なのだろう。

（テジャの竜の血が、女怪を許さなかったのだ。竜の聖なる叫びが、この像をも破壊した。そうだな、邪道はどうあっても正道に敵わぬものだ）

階段の下から、男たちの叫び声が聞こえた。

「親父ぃい!!」

捕らえられていた男が、死体にすがって泣いていた。他の男たちも、それぞれ呆然としている。

ララは階段を下り、下におりていたバビロンに訊ねた。

「どうしたのだ」

「蛇男たちは、もともと人間だったたって言ったんだよ。もしかしなくても、ナツラットの町の奴じゃないかってな」

バビロンは、号泣している男を指差した。

「二十年前にいなくなった親父さんだと。全然年とってねぇとよ。いなくなった時のまんま」

男たちの知り合いは、まだいた。

「何てこった。伯父貴《おじき》だ……」

「これ……なぁ」

「ああ……。ターシャの旦那だ」

「こっちは、ザレルんとこの次男坊だ。おやっさん……捜してたよな」

蛇男どもの大半が知った顔だった。町で調べれば、もっと多くの身元がわかるのではないかということだった。魔宮に、深い悲しみが満ちた。

「バビロン、身体は大丈夫ですか？」

アティカに問われて、バビロンもはたと気づいた。

「ああ、そういえばもう何ともねぇな。呪いが解けたんだろうな。ってことは、サーブルも今頃起きてんじゃねぇ？」

グールが、その言葉に反応した。

「畜生！　この化け物め！　よくも……よくも親父を！　よくもおお!!」

男が、女怪に石を叩きつけていた。

「やめよ！　もういい」

ララの凛《りん》と澄んだ声を聞き、男は動きを止めた。

「妖怪は、もう死んだのだ。お前たちがやらねばならんことは、家に帰って家族に会うことだ。死者がいることも報せねばならん。さあ、家に帰るぞ」

男は、その場に泣き崩れた。他の者が言った。

「こんなとこに、みんなを残していけねぇ。山犬どもが入り込んでくるかもしれねぇしよ。背負って連れて帰ってやりてぇ」

男たちは、皆泣いた。しかし、皆疲《つか》れているうえ、全部で五十以上はあろうかという死体を、今いる人数で運ぶのはとても無理だった。

ララは、しばらく考えた後言った。

「わかった。今日はもう遅い。じきに陽が沈む。今夜一晩は、遺体はここで、皆で見守ろう。明日の朝一番に、町に報せに行けばいい。遺体を綺麗にし、何か着せてやろうではないか。裸のままでは、皆も恥ずかしかろう」

男たちは、泣きながら頷いた。

「バビロン、アティカ、グール。お前たちは、ナージスのもとに行ってくれ。ナージスとサーブルと、ウマたちを連れてくるのだ。男たちの話のとおり、山犬が出るやもしれん。今夜は、ここで夜明かしだ」

ララとテジャを洞窟に残し、バビロンたちは地上へ出た。

太陽は、山陰に沈もうとしていた。灰色の岩山も、夕陽に美しく染まっている。風が少し強く吹いて、灌木がざわめいている。盆地に溜まっていた邪気を祓《はら》うかのようだった。バビロンたちは、清々しい気持ちになった。

グールは、早くサーブルのもとに行きたくて、気が急《せ》いているようだ。バビロンとアティカが、クスリと笑う。バビロンがグールに「先に行け」と言おうとした時、後ろからララと男が三人、追いかけてきた。

「待ってくれー」

「どうした？」

「この者たちが、やはりどうしても今日中に町へ帰って、死者たちのことを報せたいと言うてな」

男たちのなかの、若者三人がその任を請け負った。

「帰って町中に報せて回る。明日朝一番に、家族がここへ来られるように」

若者たちは、そう言って涙をぬぐった。うち一人は、兄を亡くしていた。

「今からだと、町に着くのは夜中になってしまう。アティカ、この者たちの護衛を頼む」

「わかりました」

「わしは、洞窟へ戻る。ナージスたちを頼んだぞ、バビロン」

「おう」

ララとバビロンたちは、また一日分かれた。

若者たちを間にはさみ、前をグールが、後ろをバビロンとアティカが歩いた。若者たちは、恐怖と悲しみと疲労に憔悴《しょうすい》していた。肩を落として歩き、何か音がする度に、ビクビクと怯えた。「もう大丈夫」と言っても、「気をしっかり持て」と言っても、今は無駄だろう。恐怖や悲しみを乗り越えるのには、やはり時間がかかる。まずは家族に会い、生きている喜びを感じ、ゆっくりと休むことしかない。

「帰ったら、うまいもん食って元気つけろよ」

と、バビロンが言うと、三人は、ようやく少し笑って、「はい」と言った。

一行は谷を抜け、平地にさしかかった。その先の岩陰から、ナージスが顔を出した。

「バビロン、アティカ！」

ナージスは立ち上がり、大きく手を振った。バビロンが笑って言った。

「元気になったな、あいつ」

「あなたのおかげです。ありがとう、グール」

アティカが後ろから声をかけると、グールは少し首を傾けた。サーブルは、岩陰にいるのか、姿が見えなかった。

その時だった。

「ヒヒヒヒ、ヒ――――イィ！」

下卑た、いやらしい笑い声が、どこからともなく響いた。

「女怪⁉」

全員、飛び上がるほど驚いた。

「なぜ……っ」

「殺してやる！　殺してやるぞ‼」

声と気配が、まばらに生えた灌木の間をあちらへこちらへ移動し、バビロンたちを攪乱《かくらん》した。

「わああ！」

「わあああ――――っ‼」

若者三人は恐怖に狼狽え、グールとアティカにしがみついた。

「仲間を殺され、絶望に泣きわめくがいい、小娘!!」

その声は、バビロンたちから急速に離れた。バビロンには、女怪がどこへ向かっているのかがわかった。そこには、バビロンたちの騒ぎを、ぽかんと見ているナージスがいた。

「ナ――ジス!!」

若者たちにしがみつかれたアティカとグール。一番後方にいたバビロン。誰もが、一歩出遅れた。

ナージスの手前に生えていた灌木から、山犬ほどの大きさの黒いものが飛び出した。ナージスは、山犬かと思った。

(あれ? 何で山犬に人の顔がついているんだろう?)

ナージスは、心の中でひどくゆっくりとそう思った。バビロンたちが、自分のほうへ来ようとしているのも、ゆっくり見えた。次に、ナージスの視界は、黒いものでゆっくりと塞がれた。それは、ナージスの左手から現れた。

「――……ハッ!!」

ナージスが、バビロンたちが、全員が息を呑んだ。

チン……! と、澄んだ金属音がした。

それは、ナージスの前にしゃがんだサーブルが、剣を鞘に収める音だった。黒い山犬のようなものは、ナージスの左右両側の後方に、真っ二つに裂けて転がっていた。

サーブルが、がっくりと前に倒れ込む。グールが駆け寄った。

バビロンもアティカも、若者たちも驚いて固まった。何が起きたのかわからなかった。魔物がナージスに飛びかからんとした瞬間、サーブルがナージスの前に飛び出て、魔物を斬り捨てた……のだろうが、バビロンたちに見えたのは、サーブルが剣を鞘に収める姿だけだった。

「何ですか、今の太刀筋《たちすじ》は？　見たことがない」

「――居合《いあい》だ……！」

アティカとバビロンは剣士として、サーブルの剣に非常に驚いていた。

「居合！　あれが……。師父が学びたがっておられた。あれが……」

「古い剣だ。まだ伝承者《やるやつ》がいたのか」

「恐ろしい瞬速の剣だと聞きました。確かに……。師父の瞬速の剣と、まったく違う型だ。あんな剣が……存在したのですね」

「絶不調であの速さかよ。おっかねぇ～」

達人業《たつじんわざ》を目の当たりにし、アティカは鳥肌が立ち、バビロンは冷や汗がたれた。

「あ、ありがとうサーブル……」

と言いかけるナージスの目の前で、グールはサーブルを抱き、口づけをした。それは、グールの一方的なもののようだったが、ナージスたち全員を置き去りにし、延々と続いた。

「………」

何ともいえぬ顔をしているバビロンに、アティカが囁く。

「霊力を注いでいるのでは？」

バビロンは、きっぱりと即答した。

「イヤ!!　同性愛《ヘルマ》に偏見はねえ！」

「それはよかった」

真っ二つに裂かれて果てた魔物は、やはり蛇女だった。その姿は、黒く短く太い蛇だった。そこに、老女の顔がついていた。皺くちゃの肌に、金色のぎょろ目、青い紅を引いた口には大きな牙があり、手足のような短い突起物が四本生えていた。

「なんという醜い姿だ」

と、アティカは、大きく溜め息をつくと、バビロンのほうを振り返って言った。

「でも、女怪は洞窟で死んだはずでは？　ちゃんと死体があった」

「あれは仮の姿で、こいつが本体ってわけだ。やられる前に逃げ出したんだな」

そして、女怪は復讐の機会を窺っていたのだ。ララやテジャではなく、バビロンたちでもなく、己が太刀打ちできそうな者がいないか、じっと隠れて待っていた。ララに、あの場にいない仲間がいると知り、女怪はその者を狙おうと決めたのだろう。その心の醜さがこの姿なのだと、皆が思った。姿は、心を映すのだと。

「俺たちをうまく攪乱したまではよかったが、まさか、こんな腕の立つ奴が傍にいるたぁ、妖怪でもわからなかったわけだ」

バビロンは、サーブルを見て笑った。サーブルは、少し気分が回復したのか、身体を起こして座っていた。バビロンに、薄く笑い返した。

「いったい、何があったんですか？」

ナージスが、首を傾げ続ける。

「今からララのとこへ行く。そこで聞かせてもらえ」

「私は、町へ行きます。あと、よろしく」

アティカは、若者たちを連れて山を下り、バビロンたちは、荷物をまとめて地下洞窟へと向かった。

6　悪夢の夜が明けて

女怪の魔宮に男たちとともに残ったララは、死者の弔いを始めた。

まず、全員で魔宮内を探索した。人骨が山積みになったおぞましい部屋もあったが、山犬や鳥などが貯蔵された部屋もあった。捕らえた男たちの食用だった。これを焼き、先に腹ごしらえをした。テジャにも食べさせて、寝かせた。蛇男どもの穴蔵《あなぐら》は、湿気がすごく、蟲《むし》がうごめき、生臭く、とても近づけたものではなかった。こんなところに身内が何十年もいたのかと思うと、男たちはまた泣けてきた。

「魔女に忠誠を誓ったら生かしてもらえると……それは、蛇男にされて生かされるってことだったんだ。畜生！」

騙《だま》された仲間の無念を思い、男たちは唇を噛み締めた。

「水があります！」

魔宮の奥に、水の湧く小さな泉があった。

「ないわけないと思ってたよ。麓《ふもと》には温泉が湧くんだぜ。ここいらは、水が豊富なはずなんだ」

「ギガントに水が……」

「ナツラットには温泉があるのか？」

ララの目が、キラッと光った。

「へえ。湯治場として、結構遠くからも客が来るんでさ。どうぞ、寄ってってくだせえ」

「そうだよ。皆さんで休んでもらうといい。恩人だ」

「恩人だよ。俺らの命も、死んだ者も救ってもらった」

そう言って、男たちはまた涙ぐんだ。ララは微笑んで、優しく言った。

「さあ、この水で死者たちの身体を綺麗にしてやろう。わしらが傷つけてしまった者もおる。なるべく元の身体のままで、家族に会わせてやらんとな」

男たちは、五十数体の遺体を、一人一人丁寧に清めた。その間、ララは、女怪の部屋を見つけた。そこには呪術の道具があるだけで、かつて「司祭」だった面影はない。部屋はベールや布で飾られ、甘ったるい香りと、その底に漂う血の臭いが籠もり、胸の悪くなるような隠微な雰囲気に満ちていた。

「女怪は、もはや男を漁《あさ》るだけの妖怪と化していたか。かつては、気高い竜に仕えていたものを。竜神が怒るわけだ」

　布やベールが大量に蓄えられている部屋があった。ララは、そこからありったけを持ち出し、死者をくるむ装束を切り出した。水で清められ、損傷した部分の手当てを受け、布でくるまれた死者たちは、何だかようやく人心地がついた、というような顔をしていた。

　そこへ、バビロンたちがやってきた。地下洞窟に岩の魔宮、その前の広場にずらりと並んだ死者を見て、ナージスは仰天した。それからお互いの話を交換し、ララも驚き、ナージスはさらに仰天した。

「メドー教のことは、祖母から聞いたことがあります。祖母は、竜族と親交が深かったので、メドー教のことは詳しく知っていました」

　ナージスは、岩の上ですやすやと寝ているテジャを見た。

「あの時……、テジャが急に何かを言い出して……」

　ナージスは、テジャ、サーブル、グールとともに、岩陰でララたちの帰りを待っていた。グールは、ずっとサーブルを見つめていた。その瞳は無表情だが、サーブルへの思いを雄弁に語っているようにも見えた。声をかけるのも憚られるほどに。

（熱烈だなぁ。でも、恋人っていう感じじゃない……いや、それも含まれてるんだろうけど、もっと何か……深い関係のような気がする。表現としては、飼い主が好きで好きでしょうがない飼い犬、ってのがピッタリくるんだけど）

ナージスは、何度か軽く咳払《せきばら》いしてみたが、グールにはいっこうに通じなかった。

そうこうしながら、どれぐらいがたっただろう。周辺で蜥蜴などを追っていたテジャが、急にナージスのもとへ駆け寄ってきた。

「□☆¢＃ЮЖд▼ш※〒△◎‼」

「な、何？」

テジャは、怒っているような、焦っているような、とにかく、こんな必死なテジャを見るのは、ナージスは初めてだった。

「£〆§％♭●И≒らあ‰†♪Θらあ」

「ララ？　ララがどうかしたの？」

わけのわからないナージスはおろおろしたが、グールが、テジャのほうへ身を乗り出してきた。テジャは、グールにしゃべりかけた。グールは、テジャの言うことがわかるようだった。

「何て言ってるかわかるの、グール？」

グールはテジャを指差し、次にララたちが行った方向を指差した。それから、チラリとサーブルのほうを見た。ナージスにも、なんとなく意味がわかった。

「……いいよ。行って。サーブルは僕が見てる。大丈夫だよ」

グールは頷き、テジャを小脇に抱えて走っていった。


「……おそらく、わしとアティカが地下に侵入した時だ。ここには、女人禁制の結界が張られていてな、わしらはそれを破ったのだ」

「結界が破られたから、黒蛇のことが、テジャにはわかったんですね」

ララもナージスも納得した。

メドー教は、一時は各地に分散して存在していたが、それもことごとく竜族によって駆逐《くちく》されたという。

「メドー教を殲滅《せんめつ》するのは、竜族の使命だったんでしょうね。司祭が生き残っていたのにはビックリです。さすがにしぶとかったですね」

テジャの身体を流れる竜の血が、黒蛇の血を感知した。それは、竜族の血に刻印されたものだった。

「ここで会うたが百年目というやつだ。竜族にしてみれば、カタをつけた、というわけだな。それにしても……」

ララは、広場の片隅に打ち捨てられた女怪の死体を棒でつついた。それは、中身のない、人の形をした皮だった。

「〝脱皮〟するとは……」

ララは、呆れて頭を振るばかりだった。

「本体は、矮小な醜い変化でしたよ。もう魔力はないって感じでした」

女怪は、確かにテジャの竜歌《ミリザム》によって死ぬ寸前だった。しかし、切り札は用意していたのだ。それが、脱皮だった。皮を脱ぎ捨てることで目くらましになり、魔力の弱まった身は、感知されにくい。女怪はこうやって、今まで逃げ延びてきたのかもしれない。

「それでも、あのまま襲われていたら、僕はあぶなかったです」

ナージスは、てへっと舌を出した。

「また、助けられたな。礼を言うぞ、サーブル」

サーブルは、岩にもたれて座っていた。顔色は悪いが、水を飲んで幾分《いくぶん》なりと良くなったようだ。

「まぁ、こっちも呪いとやらを解いてもらったんでねぇ。これで、貸し借りなしってことで」

ララは、サーブルにズイと迫った。

「相棒は、何者だ？　どうやら妖精族《ニンフェウム》らしいが、霊力にずいぶんムラがあるようだな」

風のように疾走し、バビロンとさして変わらぬ体格のサーブルを軽々と抱き、癒しの手を持ち、妖精語を解し、遠くの霊力を感知し、剣に退魔の力を宿す。バビロンやテジャのように、精霊や妖精王の血を引いているのか？　それとも、もともとそういう種族なのか。

「さぁー、存じやせん。アレも、自分のこたぁ、よく知らねぇようですねぇ」

そう言いながら、サーブルは口の端で笑った。その笑いは軽いが、どこかひどく自嘲気味だった。そこには、深い諦観《ていかん》が込められていた。

（いったい、何にそう見切りをつけているのだろう……？）

ララの宝石のような青い瞳を、同じく宝石のような緑の瞳で、サーブルが見返す。自分を見返すサーブルの表情も、ララは奇妙に思った。

（何を思っている、サーブル？）

見つめ合う二人を見て、ナージスは感心していた。

(ララのあの目に見つめられて動じないなんて。すごいなぁ、サーブルって)

ララは、ふっと笑った。

「ナツラットには、温泉施設があるそうだな。ナージスをそこで休ませようと思っているのだが。お前もずいぶん疲れたろう。一緒に静養せんか?」

「そりゃあ、ようござんすね」

「嬉しい……!」

と、言ったのは、ナージスだった。ララが肩をすくめる。

「お前は、守備範囲が広いな、ナージス」

「イヤ、その……」

ナージスは、後ろ頭を掻《か》いた。

「サーブルの瞳がその……あまりにも綺麗で。ララの瞳も綺麗だけど」

「うむ。それは、わしもそう思う。〝魔物の緑《アマラグディーナ》〟というやつだな。魔物は緑色の目をしているそうだぞ、サーブル」

サーブルは、鼻の奥で笑った。ナージスが、うっとりと言う。

「神聖緑王《アマラグディーナ》ですよね、その緑色。神の緑とも、魔物の緑《アマラグディーナ》とも言われる、緑色のなかでも、最も美しいとされる色。僕は以前、神聖緑王色《アマラグディーナ》の緑王石を見たことがあります。ほんの小さな石でしたが、震えるほど綺麗でした。あなたの瞳は、その色そっくりだ」

ララが、ふと気づいて問うた。

「そういえば……、相棒は赤い髪赤い目で、朱《グール》だろう。なぜお前は、黒《サーブル》なのだ？　緑《シノープル》ではなく」

「…………」

サーブルは少し考えてから、徐に頭巾《ずきん》を取った。そこからバサリと、長い黒髪が現れた。ララとナージスは、また驚いた。

「これはまた……見事な黒髪だな！」

「真っ黒！」

四十代半ばあたりの年齢のわりには、一筋の白髪もない漆黒の髪。背中を半分ほど覆うその長髪は、まるで黒鳥の翼のようだった。

「なるほど、黒《サーブル》か」

と、惚れ惚れと言った後、ララは、大きな青い目をくりっと動かした。

「神の緑の目といい、この素晴らしい黒髪といい、そして古の剣といい……お前もずいぶん特殊だな、サーブル？　何か……血の結晶のようなものを感じるぞ」

サーブルは、片眉を上げた。少し驚いているらしい。それから、目を細めるように
して苦笑いした。

「嫌なおツムだねぇ」

ララは、にやりと笑い返した。ナージスは「当たってるんだ」と思った。

(でも、血の結晶ってどういう意味だろ？)

「ラーラ！　いつまでくっちゃべってる。こっち来て、手伝え！」

階段の上の儀式の間から、バビロンがララを呼んだ。

儀式の間では、バビロンとグールが、砕けた翡翠をさらに小さく砕く作業をしてい
た。今回の被害者全員に分配するためだ。一人一握りほどの量になるが、翡翠の質が
いいだけに、それでも大層な値打ちになるだろう。

これより先に、ララたちは、翡翠の像を切り出した現場を見つけていた。泉の奥
に、翡翠の鉱床《こうしょう》があったのだ。石掘りの男たちは、唖然とした。

「こんなお宝があったなんて……」

「何で今までわからなかったんだ？」

「建材用の石があったからだろう」

ララが、あっさりと言った。質の良い石がわかりやすい場所で出たので、皆そればかりに気をとられていたのだ。

「そ、そんなもんか？」

「そんなものだ」

翡翠の鉱床は、女怪の巣の奥にあった。巣の周辺には女怪の結界が張られていた。女怪がこの場所に巣を作ったのは洞窟があったからで、翡翠の鉱床があることは、後にわかったと思われる。女怪がここに巣喰う以前は、鉱床は岩壁の向こう側にあったので、もし誰かが洞窟内に入っていたとしても、見つけられなかっただろう。

この鉱床の取り扱いはナツラットの町に任せるとして、とりあえず、砕けた像の翡翠は慰謝料《いしゃりょう》として被害者に分配しようとララが提案し、皆が納得した。

「女怪が祀っていた禍々しい像など、どうせ扱いに困るのだ。被害者たちが金に換《か》えてしまっても、誰も文句は言うまい」

ということで、ララは、バビロンとグールが砕いた翡翠を、小分けして布にくるんでいった。

死者の並んだ広場ではララが持っていた香が焚かれ、その清々しい香りが、男たちをなぐさめた。籠もっていた嫌な臭いは消え去り、空気が澄んだ感じがした。

こうして夜は更け、広場には死者を悼むすすり泣きが一晩中聞こえていたが、やがてようやく、悪夢の夜は明けた。

疲れ果て、泥のように眠っていた男たちが、いい匂いにつられて起き出したのは、昼近くになった頃だった。ララが、薬草のスープを作っていた。香草の香りと滋養豊富なスープが、男たちの身体中に染み透った。

「美味ぇ！　これ、すげぇ美味ぇす！」

「疲れがみるみる取れるみてぇだ。ありがてぇ」

「娘にスープを飲ませてやってくれ、夫よ」

ララはそう言って、ナージスとサーブルのもとへスープを運んだ。

「夫でも娘でもねぇから！　断じて!!」

男たちにそう言いながら、バビロンはテジャを膝に乗せ、スープを飲ませた。

「具合はどうだ、二人とも？　飲めるか？」

ナージスとサーブルは、スープを受け取った。

「飲みます。お腹ぺこぺこです」

「いただきやしょう」

「今日中には町へ行けるだろう。もう少しの辛抱だぞ」

その時、洞窟の入り口のほうから、どやどやと人の気配がした。町へ報せに帰った若者が三人、駆けてきた。

「みんなを連れてきたよ――!!」

「おお……!」

男たちが立ち上がる。若者たちの後ろからやってきた大勢の人々のなかに、家族の嬉しそうな顔があった。

「あんた――ああ!!」

「母ちゃん!!」

お互い飛びつき、抱き締め合う。生きている喜びが爆発する。

「兄貴!!」

「おお!」

「父さんも母さんも来てるよ!」

「ああっ、よかった!!　生きてた!!　生きてた!!」

その向こうで、無言の再会をする家族もいた。

「わあああ――っ、セト!　目を開けて、セト!!」

「嘘だろう……。嘘だと言ってくれ……!」

冷たくなった愛しい者に縋りつき、泣き叫ぶ母親、父親、妻、子ども……。絶叫と慟哭が、洞窟に哀《かな》しく響く。

「ララ」

アティカが、ララのもとにやってきた。

「アティカ、ご苦労だった」

アティカは、ナツラットの町の責任者たちを連れてきていた。

「ナツラットの町長と教会の主教です」

アティカと若者たちは、真夜中を過ぎる頃、無事にナツラットに着いた。その足で、まず教会へ赴き、すべての事情を主教に説明し、協力を求めた。行方不明になっていた若者たちが帰ってきたことで事実の確認ができた主教は、ただちに町長を動かした。

身元のはっきりしている遺体の遺族のもとと、無事な者の家族のもとへ報せが走り、その他の遺体を運ぶ手も集められた。関係者たちは、夜が明けるのを待ちかねて、登山を開始した。身内に行方不明者がいる者や有志が、後発で続々とやってくることになっている。

女怪の残骸《ざんがい》を見下ろして、主教が苦々しく言った。

「ナツラットの町では、何十年も前から〝神隠し〟が起きていました。それが妖怪の仕業だということになり、さらに討伐隊が組まれるまで、ずいぶん時間がかかってしまったのです。そのうえ、討伐が空振りに終わることが続きました。私が赴任してから、中央に、退魔師を派遣してくれと要請したのですが、これもなかなか時間がかかって……」

ナツラットの町の教会はウロボロス教会だが、主教は魔道士ではない一般僧だった。魔術的問題が起きた時には、僧会本部に要請して専門家を派遣してもらわねばならない。

「男では、ダメだったのです、主教殿。女でないと、妖怪の正体がわからなかった。女怪は、おそらくこの盆地一帯に結界を張っていたのです。それは、男が来るとわかる、蜘蛛《くも》の巣のような罠《わな》と同時に、きっと目くらましを兼ねていたはず」

「そうだったのですか……」

主教は、大きな溜め息をついた。

ララが子どもであることが不思議でならないという感じで、町長が訊ねた。

「あなた方は、偶然ここに来た魔道士殿だということだが？」

「偶然だ。わしらは、北へ旅する途中なのだ。女怪と遭遇したのも、偶然。だが、退治できてよかった。無事な者がいて、よかったな」

「ナツラットの町の長として、お礼を申し上げる。ギガントに妖怪がいると聞いてはいたが、噂だと思っていた。その手の詐欺も多くて……。人買いの仕業だと思っていた」

町長は、深々と頭を下げた。

ララは、翡翠の鉱床のことと、翡翠の欠片を被害者に分け与えることを町長に告げた。町長は、それを承諾した。

人骨であろう骨の山は、もう身元の特定はできないので、せめて何体分なのかを特定したうえで、身元不明の遺体とともに、まとめて祀ることになった。

「魔道士様《エル・マーゴ》」

助かった者たちとその家族が、ララたちのもとにやってきた。

「息子を助けていただいて。ありがてぇっす」

「もう夫に会えないと思っていました。とっくに食べられたなんて言われて……諦めかけてました。夢のようです。嬉しいです」

「食べ物を持ってきました。お疲れでしょう。どうか、召し上がってください」

果物や肉、握り飯に、菓子もあった。

「おっ、ありがてえ！」

バビロンとテジャが、さっそく肉にかぶりつく。皆の幸せそうな顔を見て、ララは満足そうに頷いた。

「そうだ、主教殿。連れが、熱病のような病に罹ってしまったのです。回復はしたが、念のため医者に診せたい。どなたか紹介いただけるでしょうか？」

「それなら、良い医者がおります。任せてください」

「魔道士様たちを、湯治場に招待してください、町長様」

男たちが、町長に掛け合っていた。

「魔道士様たちは、俺らの命の恩人だ。ナツラットの町の恩人だ。妖怪を退治したうえに、翡翠の鉱床を見つけてくださった。どんなにお礼をしても足りねえ」

「お仲間が二人、病気で弱ってるんで。せめて元気になるまで、町で招待してくだせえ。お願ぇします」

「儂《わし》らからも……お願いします」

息子の遺体を抱いた遺族も頭を下げた。町長が涙ぐむ。

「うん、うん」

「俺ら、すっかり〝お仲間〟だな」

バビロンが、サーブルに皮肉っぽく笑いかける。サーブルは鼻の奥で笑った。

「魔道女様……」

老女が、ララの前に跪いた。

「この度は、息子が大変お世話になりました。聞けば、息子は恐ろしい蛇の姿に変えられ、人を襲う妖怪になっていたと……。そんな姿を見たら……私はどうなっていたかしれません。もとの優しいあの子に戻していただき、心からお礼を申し上げます。ありがとうございました」

そう言って、老女は肩を震わせた。真っ白の髪が、降り積もった哀しい年月を物語る。朝な夕なに子を思い、何度涙で頰を濡らしたことだろう。しかし、ついに生きて再び会うことはできなかった。

「母君様……」

ララは、跪いた老女の顔を優しく胸に抱いた。

「どうか、お心安らかに。あなたの息子は、笑顔で天に旅立ちました。一足先にゆくけれど、あなたの息子は、向こうで幸せに暮らします。だから、どうか母君様。残りの人生を心安らかに生きてください。そして、笑顔で向こうに参りましょう。あなたの息子が、笑顔で迎えてくれるように」

「……はい。……はい……！」

老女はそのまま、ララの胸の中で大声で泣いた。それは、哀しいけれど、なぜか心が洗われるような泣き声だった。

愛しい者よ。
お前のぬくもりが、この手のひらに残っている。
お前の笑顔が、陽射しの中に煌《きら》めいているよ。
わたしは信じている。
お前が、今もそばにいないことは寂しいけれど。
お前が笑顔でいることを信じている。
わたしもお前の思い出を抱き締めて、これからも笑顔で生きていこう。
わたしがそうすると、お前は信じてくれているだろうから。
わたしは、そうしよう。

ララたちと、被害者たちの第一陣の下山が始まった。

ウマは麓に置いてきたというサーブルはネーヴェに、ララはバビロンとルーバーに乗った。グールは、ネーヴェを引いた。テジャはアティカが抱き、ナージスは、一人でチコに乗った。ネーヴェは、「いつもより重い」というような顔をして、しきりにサーブルのほうを見た。それが可笑《おか》しくて、バビロンは笑いを噛み殺しながら言った。

「何でこんな上まで歩いて登ってきたんだ？」

「尾行は、地べた見ながらでねぇとね」

「あー、そうか。おめえら、誰かを追ってたんだったな。……そいつ、どうなった？」

「死体の中にいやしたよ」

「そりゃ、骨折り損だったな」

「前金は貰ってるンでね。ご破算でござんすね」

サーブルは軽い物言いながらも、その顔色は悪かった。

「麓まで頑張れよ、ナージス。サーブルも」

病や呪いから回復したとはいえ、二人はかなりの体力を失っている。険しい山道を下るのは、過酷なことだった。

「癒しの力ってのは、完全に元気にすることはできねぇのか？」

ララの頭の上から、バビロンが問う。

「その問題を問う時、では、完全な元気というのはどういうものか？　という疑問が生じる」

「そりゃ……えーと」

「わからんであろう？　完全とは、身体のすみずみまで、何の問題もないことなのか？　では、背丈は？　体重は？　不健康に太っている者は、それまで治るのか？　近目はどうじゃ？　……老いは？」

完全を突き詰めてゆくと……「人」ではなくなる。「その者」ではなくなる。癒しの力とは、そうならないために、何らかの歯止めが利くものらしい。

その日の夕刻。一行はナツラットの町に到着した。

すでに町中に、ギガントの女怪退治の話が広まっており、町役場の窓口には、行方不明の者を捜す者や有志が次々と詰めかけ、騒然としていた。身元の判明した遺体は埋葬の準備が始められ、身元不明の遺体は教会に安置され、身内を捜す者たちが集まった。

町長の計らいで、温泉湯治場の一画が、ララたちと被害者たちに開放された。妖怪退治の英雄を迎えた湯治場は、最上のもてなしでララたちを迎えた。

「何て可愛らしい魔道女様！」

「いやいや。あれは仮のお姿だよ。本当はお年を召しているんだ」

「なんか、お宝が見つかったそうだな！」

「赤ん坊もいるそうだが、その子も魔道士なのかい？」

「魔道女様と魔剣士《まけんし》様とのお子らしい」

「男たちは、恐ろしい蛇男にされてたそうじゃないか。それを魔道士様たちが救われたと」

「結局、みんな死んだそうだねぇ。でも、蛇の姿のままで死ぬよりずっといいよ」

「遺族にとっちゃあ、せめてもの慰めだ」

「ご一行の殿方が、みんな素敵なの！」

「魔女を一撃でお鎮めになったそうだ。凄腕だねぇ！」

「討伐隊が、あんなに手こずったっていうのに」

湯治場のあちらこちら、町のあちらこちらで噂話が飛び交う。それは、ララたちの肌に波動となって届くほどだった。

「町中ざわめいてんなあ」

バビロンは苦笑い。ララは渋い顔をした。

「皆、間違っても、このうえ癒しの手の持ち主がいるなどと口をすべらすなよ。どんな騒ぎになるやもしれん」

湯治場の世話係《ソワニエ》がやってきた。

「部屋割りをどういたしましょう、魔道女様？　ご夫婦で？　ご家族で？　二人部屋、三人部屋、いろいろとございますが」

「夫婦は、こいつらだけ！」

バビロンが、サーブルとグールを指差した。係は、「は？」という顔をした。

「ややこしいことを言うでない！　ゴホン……えーと、三人部屋一つと、二人部屋を二つ用意してもらおうか」

「かしこまりました。ご入り用のものがあれば、なんなりとお申しつけください」

ララ、アティカ、テジャの部屋は、湯治場の部屋らしく、簡素だが落ち着いた雰囲気だった。しかし、いかにも真新しい白いレースがベッドと窓にかけられ、部屋着も用意されていた。部屋の数ヵ所に花が活けられ、テーブルには果物と菓子が山のように積まれていた。さっそく、テジャが食べ始める。

「至れり尽くせりですね」

アティカが肩をすくめる。ララは、ふっと小さく息を吐いた。

「あまり感心せんが、大事になってしまったのは仕方ない」

バビロンとナージスの部屋には医者が来て、ナージスを診てくれた。やはり、何十年か前にこのあたり一帯に流行った風土病だった。

「山向こうでは、町が一つ滅んだそうです」

医者にそう言われ、ララたちは思い当たった。

「あ！」

「あの町！」

それは、賞金首の蜥蜴《サヴラ》のエレゾイが逃げ込んだ町だった。

「病気の元が、まだ生き残ってたんだ。すげぇな」

「ご心配なく。いい薬があります。他の皆様も飲んでおいてください」

ララは、サーブルとグールの部屋へ行き、サーブルに医者から貰った薬を渡した。

「お前も飲んでおくといい、サーブル。グールは大丈夫だろうが」

「ありがとうござんす」

サーブルは部屋着に着替え、ベッドに横になっていた。だいぶ疲れているようだ。

ララは、上目遣いで一応訊いてみた。

「皆で食事をするのだが……」

「遠慮《えんりよ》申し上げやす」

即答だった。「だな」と、ララも素直に頷いた。

ナツラットの湯治場は、町の一番奥、ギガント山の麓にある。緩やかな斜面に大きな皿が何枚も連なったような地形。そこに、頂上から湧く湯が段々に落ちていた。この皿が集まった場所が全部で三ヵ所あり、町の者の日帰り湯用、短期逗留者用、長期逗留者用と分かれていた。ナツラットの町自体は、街道からも離れた僻地《へきち》にあるのだが、遠くからわざわざ来る客が絶えないという。

最も高いところにある短期逗留者用の一画が、ララたちと被害者たちにあてがわれ、外部の者が立ち入れないよう配慮された。

「本格的な温泉に入るなぁ、久しぶりだな〜」

手拭い片手にバビロンが湯殿に行くと、女怪に捕らわれていた男たちが、先にのんびりと湯に浸かっていた。

「魔剣士様！」

「こりゃ、魔剣士様。お先で」

(魔剣士か……まぁ、そういうことにしとくか)

バビロンは頭を掻いた。ララたち一行は、すっかり全員が魔道士になっていた。

「やっと人心地ついたって感じだな」

「お前様方のおかげです」

「生きてまたこの湯に浸かれるなんて、夢のようだ」

湯で温まった男たちの顔は、熱と幸せでとろけそうだった。バビロンもつられて笑う。

囲いの向こうの空は、すっかり夕闇で、紫の空に星々が煌めき始めていた。男たちの目には、その星空は以前とまったく違って映っていることだろう。

ナツラットの町に、ギガント山に、ようやく平和が訪れた。遺族たちの悲しみは、まだまだ続く。しかし、とりあえず悲劇は、その幕を下ろしたのだった。

7　石《ナツラット》の町にて

ごちそうをたらふく食い、温泉にたっぷり浸かり、ララたちは久々に、柔らかいベッドでぐっすりと眠った。ララたちだけでなく、関係者は皆疲れていて、それでも前日の夜は家族も交えて大宴会となったものだから、朝の湯治場は静まり返っていた。

地平線にかかった灰紫《はいむらさき》の雲の間に、朝陽が顔を出す。群青《ぐんじょう》に沈んでいた空が、薔薇色に染められてゆく。

湯治場は、まだ泉の底のように暗かった。湯がサラサラと流れる音と、空高くを舞う小鳥たちの声しかしない、静かな静かな早朝。立ちこめる湯煙をさらりと割って、湯に浸かる者がいた。その背後から、軽い声がかかる。

「おやまあ！《ヒューーイー》　こいつぁ、すげえ！　背中一面の刺青か」

声をかけたのは、バビロン。湯殿への出入り口の屋根の上から見下ろしていた。

「全身の彫り物ってなぁ、たいがい特殊な意味を持つ。黒魔道士《ニグレード》の呪文とかな。おめえ、いったい何者だ、サーブル？」

漆黒の髪の間から、緑王石の瞳がバビロンを見返した。その背中一面に、天女を中心に、記号のような文字を記した刺青が彫られている。魔方陣のようにも見えるが、天女も記号も色鮮やかで、まるで一幅《いっぷく》の絵画のようだった。

「俺を張っていたのかイ？」

サーブルは、薄く笑った。

「そんな必要はねェよ。戦いの女神《ファンム・アレース》の暗殺依頼は、本当に受けてねぇ」

「どーだか」

バビロンは、ヘッと鼻を鳴らす。サーブルは、喉《のど》の奥で笑った。

「お前さん、よっぽどあの女神に惚れてンだねぇ」

「ちょ……っ！」

バビロンは思わず立ち上がり、屋根から落ちそうになった。

「ちげ――――よ!!　俺ぁ、断じて少女趣味なんかじゃねぇからな…って！　このセリフ、言い飽きたわあ！」

「いいじゃねぇか。お似合いだぜ」

「ハ!!　てめぇらこそ、なんだな。俺らより、よっぽど夫婦みてぇだぜ。いや、

「同性愛《ヘルマ》に偏見はねぇけどよ！」

サーブルは、緑色の目を細めた。

「アレぁ、男じゃねぇヨ」

「何っ？」

「……女でもねぇがネ」

呟くようにそう言うと、サーブルは喉の奥で「ククッ」と、引くように笑った。ひどく自嘲気味な、奇妙な笑い。

サーブルのその表情も含め、バビロンにはさっぱり意味がわからなかった。確かに、妖精族のなかには、性別のはっきりしない者もいると聞く。なかには、すべての者が、自分の分身を作ることのできる特殊な子宮を持つ種族もいるらしい。

(両性具有者《アンドロギュヌス》か？　人間にもたまにいるよな)

バビロンはそう思いながら、グールの姿を思い浮かべた。

(……どう見ても男《ヤロー》だけどヨ)

朝陽が射してきて、湯殿が金色に染まる。湯気が光に煌めいた。サーブルの黒髪も、朝陽を反射して艶《つや》めいている。まるで濡れているかのように。

「そうそう。てめぇに言いてぇことがあったんだ、サーブル。蛇女のことだけどヨ。

俺には、最初アレが別の女に見えたんだ。他の男どもに聞いたら、やっぱりそうだってよ。おめー、そういう情報は最初に言えよなあ！」

女怪に捕らわれた男たちにも、女怪は最初違う女に見えた。それは、女房であったり、母親であったり、昔の恋人であったりした。サーブルが、喉の奥で笑った。

「つまり、蛇女は、そいつの〝想い人〟に化ける力があったってわけだ。さしずめお前さんの場合は、女神殿に見えたんじゃねぇのかイ？」

そう言われて初めて、バビロンは思い当たった。あの栗色の髪の乙女。あれは、ララの成長した姿ではなかったかと。

「……っ‼」

返す言葉が見つからず、バビロンは思わず顔を背けた。頭が真っ白になった。サーブルに、お前はどうなんだと問いたかったのだが、もうどうでもよくなった。

そんなバビロンに、サーブルが徐に問うた。

「お前さん、何であの女《ファンム》といるんだイ？」

「な、何でって……。関係ねーだろ」

サーブルは、視線を落とした。光が水面を、宝石を転がしたように滑《すべ》ってゆく。それを映して、サーブルの瞳の中でも、同じように光が滑ってゆく。するすると、キラキラと、右へ左へ光が煌めく。瞳そのものが煌めいているかのようだった。

「運命ってなぁ、不思議なもンだねぇ。アレに会っちまって、俺の人生はずいぶん変わっちまった……。運命が俺を選んだのか、アレが俺を選んだのか……」

感慨深《かんがいぶか》そうに、どこか諦めたように、サーブルは言った。溜め息をつくようだった。その物言いを奇妙に感じながら、サーブルが何を言っているのかもわからぬまま、バビロンはサーブルの言葉に、自分を重ねていた。

「とにかく、最初に会ったその日から、アレは俺に決めたらしい。俺だけだと。俺しかいないと。俺は……それに逆らえなかった。そこに理屈なんざない。ただ、選ばれた。ただ、それだけだ……」

揺らめく水面を見ていた瞳を上げて、サーブルはバビロンに再び問うた。

「運命を信じるかイ？」

バビロンは、静かに返す。

「……ああ」

その脳裏に浮かぶ、青い瞳の少女。

「宿命の相手《イヴ》、か……」

サーブルは、目を細めてバビロンを見た。

「まぁ、なんにせよ……。お前さんの場合、女神《ファンム》の十年後が楽しみだねぇ」

バビロンは、牙を剥いた。

「だから！　そんなもんじゃねえと何度言や、あっ……！」

バビロンは足を滑らせ、屋根から転げ落ちて、湯船の脇の岩場に身体を打ちつけてから、湯の中へ落ちた。

「ダ————ッ!!」

ザッパ————ン!!　と、派手な水飛沫を、サーブルも頭から浴びた。

「賑やかだねぇ」


「朝から温泉三昧《ざんまい》とは、なんという贅沢なことだろう」

女湯の脱衣場で身体を拭きながら、ララは溜め息をついた。

朝の光が溢《あふ》れんばかりの湯治場で、ララとアティカは朝風呂を堪能《たんのう》した。爽やかな早朝の空気と温かい湯が全身を包み込み、あまりに心地好くて、このまま溶けてしまうのではないかと思った。

「浸かるほどに疲れが取れます。いいお湯だ」

アティカの褐色の肌も、艶を増している。

そこに、女怪に捕らわれていた男たちの女房たちが、同じく朝風呂に入ろうとやってきた。被害者の家族たちも、昨夜は湯治場に泊まることができたのだ。女たちは、アティカを見てギョッとした。

「ま、魔剣士様!?」

「女の方だったのですか！」

女たちは、一斉に頭を下げた。

「大変失礼しました！　てっきり殿方とばっかり！」

「いいのです。私は、性別はないのも同じ……」

こういうことがあるので、アティカは昨夜も皆が寝静まった後、入浴した。そして、今朝も早く起きて来たのだが。しかし女たちは、ぺこぺこ謝った後、鍛え上げられたアティカの素晴らしい身体を、惚れ惚れと見た。

「うちの亭主よりスゴイ……」

「何て綺麗な筋肉なんだろうねぇ。スラッとして、ツルツル！」

「小麦色の肌に金髪……。南方の人って、情熱的な姿をしてるよねぇ。憧れるわぁ」

女たちに囲まれて、裸をまじまじと見られて、アティカは困り果てた。ララはそれが可笑しくて、必死に笑いを堪《こら》えた。

ララとアティカが部屋に帰る途中、食堂の横を通りかかると、町を見渡せるテラスに、グールが座っているのが見えた。

「先に帰ってくれ、アティカ」

「はい」

ゆるやかな風が吹いて、テラスに置かれた草花が優しく揺れている。朝の透明な空気のなか、ナツラットの町を越えて、遥か遠くの山々が見えた。あの向こうは、王都メソド領である。

「グール」

ララが声をかけると、グールは振り向いた。

「早いな。相棒の具合はどうだ？　まだ寝ているのか？」

グールは、ララを指差した。

「相棒も朝風呂か。お前は？　温泉は楽しんだか？」

グールは頷いた。

薄茶色の瞳に朝陽が射し、紅玉のように光る。赤い髪が、白い頬をサラサラと撫でている。無表情ゆえに、彫刻のように整った顔。特殊能力もそうだが、どこか人間離

ララは、グール本人の印象と非常にちぐはぐな感じがした。浅はかに彫ったような……いずれ頭のあまりよろしくない行為の結果……に見える。ラララ
な、あるいは、火蜥蜴《サラマンデル》の魔術的意味も知らぬまま、その見かけの神秘さだけで、浅は
く俗なものに思える。まるで、若い不良の集団の、ガキっぽい団結心の象徴のよう
れ、浮き世離れしている。ただ、両方の二の腕に刻まれた火蜥蜴《サラマンデル》の刺青だけが、ひど

「グール、その腕の刺青だが……」

と、ララが問おうとした時、向こうからバビロンがやってきた。

「魔剣士様？　いかがなさいました？」

食堂にいた係員が声をかける。

「何でもねぇよ」

何やら憮然としている。その足下に点々と水が滴っていた。

「手拭いをお持ちしましょうか？」

「いい。何でもねぇから」

ララとグールが見ているのに気づき、バビロンはキュッと眉を顰《ひそ》めた。

「何でもねぇっつってんだろ！」

「何も言うておらん」

ララが、にこやかに言う。

「ただ、服のまま朝風呂とは風流だな、とな」

バビロンは、憤然と歩いていった。グールが、軽く笑っていた。声は出ていないが、喉の奥が「くくく」と鳴っている。

「ちゃんと笑えるのだな、グール。……そういえば、初めて会った時も笑っていたっけ」

グールは、チラリとララを見てから、また遠くに視線を戻した。

「いい町だ」

と、ララが言うと、グールも軽く頷いた。

ギガントから切り出した石造りの町。壁はだいたい明るい黄色で、屋根は色とりどり。石と温泉が売れて財政的には豊かだが、町の人々はすれていず、おっとりとして純朴だ。

このような「地方自治体」には、たいがいヤクザが入り込んで仕切っていることが多いが、ナツラットはそうなる前に、ウロボロス教会に僧の派遣を要請し、常駐してもらった。教会の僧たちは魔道士ではないが僧兵が多く、彼らが町の治安を担っている。このナツラットは、町がもっと大きくなれば、やがて一国として独立する日が来るかもしれない可能性を秘めていた。

グールが立ち上がった。黒い長衣姿が歩いてくる。

「おはようございます、魔道士様」

食堂にいた係員たちに魔道士と呼ばれ、サーブルは苦笑いしていた。しかし、黒装《くろしょう》束《ぞく》といい、長い黒髪といい、魔物の目といい、皮肉にもサーブルが一番魔道士らしく見える。ララは笑えてきた。

「サーブル」

「こりゃあ、ファンム・アレース殿。お早いこって」

「そう言うお前も早い。だいぶ顔色が良くなったな」

「おかげさんで。やっぱり温泉はいいねぇ」

具合が良くなっても、冷めた物言いは相変わらずだった。喜怒哀楽《きどあいらく》、すべてどこ吹く風のような、抑揚の少ない調子。どこか皮肉に聞こえる響き。

グールがサーブルの手を引き、抱き寄せて口づけをする。ララは、頬杖をついてそれを見学した。

「ああ、わかった、わかった」

サーブルはグールを座らせ、やれやれといった感じで、隣に腰を下ろした。

「ずいぶん濃厚な〝おはよう〟だな」

ララにそう言われ、サーブルは、あの自嘲気味な笑いを喉から漏らした。

「こいつぁね、〝犬の挨拶《あいさつ》〟でござんすよ」

「なるほど……」

その表現はぴったりだと、ララは思った。

「お前たちは、恋人というか夫婦というか……そういう、愛し合っている者同士ではないのだな」

サーブルは、ひときわ可笑しそうに喉を鳴らした。

「愛ねぇ……」

そんなことは考えたこともない、とでも言いたそうだった。サーブルのその反応は、グールとの間に根深い何かがあることを感じさせた。

世話係《ソワニエ》がやってきた。

「皆様、朝食の準備ができました。こちらにお運びいたしますか？」

「ありがとう。頼む」

ララは、大きな青い目をクリッとさせた。

「なにはともあれ、朝飯だ」

その嬉しそうな顔につられたのか、サーブルの口許が一瞬だけ、薄っすらと緩んだ。ララは、それを見逃さなかった。

(何だ。そんな笑い方もできるのではないか)

野菜のスープに、焼きたてのパン、たっぷりのサラダ、薄切りの豚肉には香酢がかかっていた。果物の盛り合わせと香草茶。それに、木苺、杏《あんず》、林檎のジャムが添えられている。

「んん〜、幸せだ！」

杏のジャムを厚く塗ったパンと、豚肉と、サラダを口いっぱい頬張って、ララは笑う。グールも、端から黙々と食べていた。

「朝から元気でよござんすね」

サーブルは、木苺のジャムを舐めながら香草茶を飲んでいる。

「子どもだからな」

「そう……。そうしてると、普通の女の子に見えやすよ。殺し屋に狙われるような身の上たぁ思えねぇ」

ララは、ふっと軽く息を吐いた。

「そこに生まれたことは……如何《いかん》ともしがたいではないか。受け入れるしかないのだ」

ララのその言葉に、サーブルの瞳がふと翳《かげ》った。

「問題は、受け入れた後、どうするかだ」

「…………」

サーブルは、意味深長にララを見つめた後、口の端を歪ませるように笑った。

「おっしゃるとおりで」

ララは、サーブルもまた「如何ともしがたい特殊な生まれ」なのだと確信した。この男は、その後の人生をどう歩んできたのだろう。

「時に、サーブル。グールのその両腕の刺青だが、どうも似合わん気がしてならん。どういう意味があるのだ？」

「そりゃあ、話が長くなりやす」

「その長い話とやら、聞きたいぞ」

テジャを抱いたアティカがやってきた。その後からバビロンとナージス、泊まっていた家族も起き出してきたのか、子どもたちの声が聞こえる。サーブルが、すっと席を立った。

「俺ぁ、そろそろ休ませてもらいやすよ。まだ少々ふらつくんでね。ごめんなハイ」

グールが後に続く。ララは、サーブルの背中に声をかけた。

「話を聞かせろよ」

サーブルは、ひょいと手を挙げた。

「殺し屋と仲良く飯食ってんじゃねぇよ」

バビロンが憮然として言った。

「サーブルと朝ご飯食べてたんですか!?　ずるいなあ、ララ」

ナージスも憮然として言った。バビロンが呆れてナージスを見る。

「すっかり元気になったな、ナージス。嬉しいぞ」

ララは、コロコロと笑った。

8　サーブルとグール

　ギガント山からは、次々と遺体が下ろされてきた。教会では一日中祈りが捧げられ、香が焚かれ、遺族の慟哭が絶えなかった。身元不明の遺体も含め、今回の犠牲者たちは、新たなる墓地を整備して、そこに葬《ほうむ》られることになった。

　一方、偶然やってきた魔道士の一行が女怪を退治し、被害者たちを救ったことが書かれた読み売りが町中で舞い飛び、酒場で、食堂で、人が集まるやその話題で盛り上がった。湯治場には、事件の関係者はもちろん、無関係の者たちからの届け物や相談事の依頼がひっきりなしで、役場からその対応専従の係員を派遣しなければならないほどだった。

「魔道士様方は、本当に偶然通りかかったもので、噂になっているような、神の啓示を受けた、天からのご使者とかじゃありません！　また、辻占いじゃないんですから、失せ物やら行方不明者の捜索などいたしません！」

湯治場の入り口に群がってくる人々に、係員が何度も説明を繰り返していた。

ララたちの部屋は花や菓子で溢れ、バビロンたちのもとには酒瓶がズラリと並んだ。酒はいくらでも貰うぞと言うバビロンを窘《たしな》めて、ララはもう充分だから断るようにと世話係《ソワニエ》に言ったが、

「余計大騒ぎになりますよ!?」

と、返されて、頭が痛くなった。

「では、あとのものは湯治場で引き取ってくれ。内緒で」

世話係《ソワニエ》は、肩をすくめて承知した。

「やれやれ。喜んでいるのは、バビロンとテジャだけだ」

窓から町を見下ろして、ララは溜め息をついた。ナージスは、少し残念そうに言った。

「町を見て回りたいけど、無理ですね」

「噂の魔道士一行の一人だとわかると、大変だぞ」

女怪に捕らえられていた男たちも家族とともに家に帰り、ララたちだけになった湯治場は、少し静かになった。バビロンとアティカは剣の修練をし、元気になったナージスは、テジャの面倒を見ている。ララは、本など読んで過ごした。

「ナージスもう大丈夫そうだし。そろそろ出発せんとな」

ネーヴェたちは、湯治場の厩舎《きゆうしや》で世話を受けていた。充分休養がとれたようで、どのウマも毛並みが艶々としている。そこに、アティカのベルーイより一回りほども大きい、素晴らしい黒毛の山馬が二頭いた。一目で、サーブルとグールのウマだとわかった。

「乗ってるものも違うなぁ」

二頭はララが近づくと、「寄るな」とでも言うように身を引き、ブルルッと鳴いた。

「主人そっくりだ」

孤高の主は、テラスでゆるい風に吹かれながら、煙草《たばこ》を吹かしていた。相棒は、テラスから身を乗り出すようにして遠くの景色を見ている。

「煙草を吸う元気が出たか、魔物の緑《アマラグディーナ》よ」

「ごきげんさんで、少女軍神殿《ファンム・アレース》」

「元気になっても、けだるい物言いは変わらんな」

「こりゃ、失礼」

いつものように、歪んだように笑う。

「俺ぁ、年寄りなんでね。お連れさんのようにゃあ、いきやせん」

ララは、サーブルの向かいに腰掛けた。サーブルの前には、血のような赤い飲み物が置かれていた。

「それはなんじゃ？」

「石榴酒でござんすよ」

「お前が飲んでいると、吸血鬼が血を飲んでいるようだな。似合いすぎて洒落《しゃれ》にならん」

サーブルは、本当に可笑しかったのか、珍しく声に出して笑った。

「女神殿は、面白いお方でいらっしゃる」

ララは、自分には薔薇茶を頼んだ。小さな可愛い薔薇の蕾がたっぷり入った茶器から、豊かな香りが馥郁《ふくいく》と立つ。美しい琥珀色の茶を口に含むと、そこに薔薇の花が咲くようだった。

「さて、サーブル。お前たちの話を聞かせてくれ」

話を聞く気満々とばかりに、ララは大きな目をさらに大きくしてサーブルを見る。

サーブルは、片眉を上げた。

「べつに面白い話じゃござんせんよ」

「それは、わしが決める」

ふんぞり返ってそう言われ、サーブルは片眉を上げたまま、煙草の煙を長々と吐いた。

「ファンム・アレース殿」

サーブルが、あらたまったように言った。

「お前さん方ぁ、目的を持ってどこかへ行きなさるようだが、俺ぁ、それには興味はありやせん。何かを期待しても、無駄でござんすよ？」

「わかっておる」

ララは大きく頷いた。

「これからわしらは、ベルベルに巣喰う氷の魔女のもとへ行くとか、そやつはこの世界を滅ぼそうとしておるとか、わしの命も狙っておるとか、腕の立つ助っ人は多いほうがいいとか、お前たちとはどうやら縁があるようだ、ともに魔女と戦い、世界を救おうではないかとか……。そんなことは言わん」

「…………」

サーブルは煙草を斜に咥えたまま、渋い顔をした。グールが背中で笑っていた。

「……グールの話をしやしょうか」

ララの話は聞かなかったことにして、サーブルは話し始めた。

「その昔、俺ぁ、人買いをしておりやした」

「嫌な商売だ」

ララは、ふんと鼻を鳴らした。

「ある日、獲物のなかに、赤い髪と白い肌をした子どもが交じっておりやして……。

四、五歳だったかねぇ、特に気にも留めやせんでしたが……」

当時サーブルは、チャンタブリー山脈の南東側にある、人買いの支部《トルー》の頭だった。人買いどもは世界中におり、地区ごとにいくつかの支部《トルー》を置き、獲物を集めては、あちらこちらに移動させ、売り買いをしていた。

サーブルが、その日の獲物の品定めをしようとした時、赤い髪の子どもが、いきなり左腕に縋りついてきた。

「おっ!?」

と、思った時には、その子はサーブルの左腕を両手でしっかりと掴み、服に嚙みついていた。部下が慌てて剣を抜く。

「こいつ！　すいやせん、お頭。今、たたっ斬って……」

「待て。攻撃しているわけじゃねぇ。服に嚙みついてるだけだ」

子どもは、サーブルの服に嚙みついたまま、赤い目でサーブルを見上げた。無表情だが、その両目には、何か確固たる意思が感じられた。

「こいつはどこで狩った？」

ボサボサの赤い髪、布を巻いただけのような服も破れ、子どもは半裸だった。

「や、それが……、一人で山ん中歩いてたんで」

「この赤毛はどこの毛色だ？　このへんのもんじゃねぇな。オイ、坊主。言葉はわかるか？　ぶら下がるんじゃねぇよ。重い」

子どもは何も答えなかった。ただ、サーブルをじっと見つめ続けた。部下が引き離そうとするも、子どもとは思えぬ力でサーブルの腕を放そうとしなかった。サーブルは仕方なく、左腕に噛みついたままの子どもを抱き、子どもが疲れるまで待つことにした。

「部下どもに冷やかされやしたよ。鼠の母子だとね」

ララは、クスッと笑った。

「子鼠は、母鼠の身体に噛みついて移動する、というやつだな」

半日後、ようやく疲れたのか、子どもはサーブルの服に噛みついたまま眠った。起こさぬようにそっと離すと、子どもを部下に預ける。子どもは、ただちに別の支部《トルー》に連れていかれ、それきりになった。奇妙な子どもだったが、やがてサーブルはすべてを忘れた。

「それから、三年後でしたかねぇ。そう……三年後だ」

緑の瞳に、紫煙の揺らめきが映る。遠い、とても遠い記憶を思い起こすような目。

「俺ぁ、ヘルラデの東の端におりやした。そのへんで、ちょいと前から噂になってた話があってねぇ」


ヘルラデ大樹海の南側に沿って、イオドラテ大陸を横断する三大街道の一本が通っている。一番北にある上街道《ロードヴィア・シーマ》である。これは、西のエレアザールと東のメソドを、ほぼ直線で結んでいるので、三本の大街道《ロードヴィア》のうちでも最も発展していた街道だった。周辺には枝分かれした無数の道があり、そこにもさまざまな者たちが集まっていた。商売人、農夫、魔道士、妖精族。もちろん渡世人にヤクザ、犯罪者も。人買いの支部《トルー》も、この街道沿いには何ヵ所かあった。サーブルは、東側の支部《トルー》にいた。

噂というのは、最近急に台頭してきた、ある犯罪者集団のことだった。十代から二十代の若い者の集まりで、農家や商家の息子から浮浪児まで身分はさまざま。皆、火蜥蜴《サラマンデル》を刺青していることから、「焼き焦がす者《シリウス》」と呼ばれた。

彼らは、上街道《ロードヴィア・シーマ》の中央付近に、ある日突然現れた。そのやり方ときたら、とにかく手当たり次第。輸送馬車を襲い、銀行を襲い、ヤクザの根城まで襲ったかと思うと、酒場で大暴れし、畑から野菜を盗み、壁に落書きをしたりする。また、全員が同じ刺青をしたり、仲間内だけで通用する渾名や符牒《ふちょう》を用いたり、それが非常に単純でわかりやすかったりと、どうも子どもの遊びの延長という感じが否めない。また、ヤクザの賭場を荒らして何も盗らず引き揚げるなど、何をしたいのかよくわからない行動から、本当に、町の不良どもが、ただ単に暴れたいだけで集まったような集団だった。

「ところが、この連中ってぇのが、べらぼうに強くてねぇ。どうやら、頭目が相当切れるガキだったようでござんす。兵法のね、天才《ガオン》ってやつだ」

この者のもとに、同じく腕の立つ若者たちが集結していた。彼らは腕が立つばかりか、死を恐れなかった。名うてのヤクザの根城に正面切って殴り込み、皆殺しにしたうえ、根城を焼き、人買いに売られそうだった者たちを解放したこともあった。それでも、仲間はほとんど無事だったという。「シリウスには軍神がついている」と、街道の人々は噂し合った。中には、シリウスを英雄視する向きもあった。サーブルのもとにも、その噂は届いていたが、サーブルは話半分に聞いていた。

「噂ってぇのは、尾ひれがつくもんだ。連中を、〝悪の英雄〟に見ていた奴らもいたようだが、俺ぁ、ちょいと運と才能のあるガキが、調子に乗ってるだけだと思っておりやした。事実、連中にゃあ目的なんぞなくて、全部ただのノリでやってたにすぎなかった。大仕掛けのお遊びでござんすよ」

「人を殺すことがか？　とんでもないな」

「そういう頭のもとに、そういう連中が集まったってわけでさ」

しかし、このシリウスが、人買いの支部《トルー》を襲ったという話が飛び込んできた。支部《トルー》にいた者たちが全滅したため、他の支部《トルー》に話が伝わるのが遅れたと。

サーブルは、信じられなかった。ヤクザならともかく、人買いどもは皆、腕が立つ。それを全滅させるなど容易なことではない。

「何かの間違いじゃねぇのか？」

「いや、どうも。情報が錯綜しているようです。この支部《トルー》は田舎にあるもんで、いつだって話がくるのが遅れるんでさぁ」

人買いに喧嘩を売るなど、もうお遊びではすまされない。ヤクザどもとは、組織力が違う。もし本当に、シリウスが人買いの支部《トルー》を襲ったのだとすると……。

「馬鹿なガキどもが……。ハメを外しやがったな」

それでもまだサーブルは、支部《トルー》が全滅したとは考えていなかった。

そんな時だった。シリウスは、突然現れた。

ある日の夕刻。サーブルは机に向かって書類を整理していた。ふと、空気がざわめいたような気がして顔を上げた。部屋の外からガタガタと物音がした。様子を見ようとドアに手をかけた時、

「か、火事だ!!」

と、叫び声がした。

サーブルが部屋の外に出たその瞬間――

ドッ!! 身体中に衝撃が走った。サーブルの胸と脇腹に、矢が打ち込まれたのだ。

廊下の角に弓を構えた者の他、二、三人の若者がいた。

「どうしてここに……」

サーブルは驚いた。支部《トルー》の中に侵入者がいるとは!? 人買いの支部《トルー》は、厳重に見張られている。女子どもを取り戻そうとする者や、横取りしようとする者たちの襲撃に備えるためだ。それが突破されたのか？ 何の音も気配もたてずに？

焦げ臭い臭いがした。火が放たれたようだ。サーブルは剣に手をかけようとした

が、身体が痺れて言うことをきかなかった。

「毒矢か!?」

若者が、サーブルをひきずって外に連れ出した。外には、部下たちの死体が転がっていた。矢を射られた者、頭を割られている者、首のない者、奇襲された傷が多かった。支部《トルー》の一部が火を噴いている。その炎に照らされて、若者たちは禍々しい影になって立っていた。皆、面白そうに笑っている。血と暴力と炎に高揚《こうよう》しているのがわかる。怪我を負って倒れている者がいたが、仲間は特に心配しているふうでもなく、傍に立っていた。

「こいつ、ここの頭みたいだぜ、頭目《アルーフ》!」

頭目と呼ばれた男は、がっしりした身体に不敵な面構えの、しかし、まだ本当に若い男だった。

「へえ、まだ死んでないのか?」

頭目は、刃《は》の大きな短剣をサーブルの身体に突き立て、衣を引き裂いた。長衣の下から、鎧《よろい》のようなものが現れた。矢は先端が食い込んだだけで止まっていた。

「鎖帷子《くさりかたびら》か、さすがだな! あ、これいいな。丈夫なのに柔らかくって。これ貰うぜ」

頭目は、あっけらかんと言い、それからニヤリと笑った。

「でも、残念だな。せっかく胸に当たったのに、これのおかげで即死できなかったか。毒で死ぬのは苦しいぜ」

サーブルは、喘ぎながら問うた。

「どうやって……見張りを……突破した？」

「俺らにゃあ、天使がついてんのさあ。軍神が送ってくれた天使がな!」

若者たちが声を揃えた。頭目が、サーブルの顔を覗き込んで言った。

「戦いの神さんが俺に遣《つか》わしてくださった、死の天使だ。天使がついてる限り、俺たちは無敵！」

サーブルは、何を言っているのか理解できなかった。しかし、頭目の背後に目をやると、さっきまで倒れ込んでいた若者が、もう平気そうに立っているのが見えた。天使という言葉の意味がわかった。

（特殊能力を持った奴がいる！　魔道士じゃなく、何か別の……。それは何だ？）

「あんた……すげぇ綺麗な目をしてるなぁ。宝石みてぇだ」

頭目が、サーブルの瞳をまじまじと見ていた。

「これ、くり抜いていいか？」

そう言う頭目の目は、狂気にギラギラと光っていた。

炎が大きくなり、あたりを紅蓮《ぐれん》に染める。勝利に酔う若者たちの歓声が聞こえる。

「グール！」

「グール！　死の天使バンザイ！」

頭目の背後で、ひときわ大きな声がした。

サーブルは、薄れゆく意識の中で、頭目の後ろからゆっくりとこちらへ近づいてくる、赤い髪の青年を見た。血に染まったような景色の中、赤い長い髪をなびかせた、白い白い肌の男は、赤い目で真っ直ぐサーブルを見ていた。

「――……ハッ!!」

サーブルは、飛び起きた。ベッドの中だった。

「…………」

一瞬、何が起きたか理解できなかった。

焦げ臭い臭いが漂っていた、空気が温められている。しかし、静かだった。

ハッとして、自分の身体を見る。全裸だった。しかし、身体には何の異状もなかった。

「確か……胸と脇腹に……」

鎖帷子のおかげで、矢は身体に先端が食い込んだだけだが、その痕《あと》すらない。それに、あれは毒矢だったのではなかったか？　苦しむと言っていたところから、猛毒が塗られていたと思われる。

シーツがごそりと動いた。サーブルのすぐ隣に、赤い髪の男が、同じく全裸で横たわっていたのだ。

「……お」

赤い髪の男は、サーブルを見た。

「お前は……」

グールと。死の天使と呼ばれていた。しかし、サーブルは、この男に見覚えがあった。

グールは、サーブルに寄り添ってくると、その左腕にキスをした。愛しそうな、優しいキスだった。

「お前は、あの時の……」

グールの顔に、四、五歳の子どもの顔が重なる。サーブルの左腕に噛みつき、しがみついて離さなかった奇妙な子ども。紅玉のような目で、じっと、ひたすらじっとサーブルを見つめ続けていた子ども。

「ちょっと待て、サーブル」

ララが手を挙げる。

「三年前に会うた四、五歳の子どもが、グールだったのだな？」

「アイ」

「三年後に再会した時は、グールの年齢はどれぐらいに見えたのだ」

「二十代半ばから三十前ってとこですかね。シリウスじゃ、年長組だ」

それは、今、グールから受ける印象とほぼ同じだった。

「計算が合わんのではないか？」
四、五歳の三年後は、七、八歳。約三十歳には、二十年ほど足りない。
「ひょっとして、ものすごく早く年をとるのか？　いや、だったら今はもっと老けていなければならんな」

「三年の間にこいつに何があったのか、俺ぁ、知りやせん。こいつも話さねぇしね」

素知らぬふりで、グールは景色を見続ける。遠くの山々は、白く霞んでいた。

サーブルが部屋から出ると、支部《トルー》はその部屋を残して、ほとんど焼け落ちていた。

夜明けだった。まだ燃え残り、赤々と揺らめく炎が、群青の景色の中で美しかった。その光が、地獄を照らし出す。

一面の、死体の原。生きている者は一人もいなかった。静かなはずだ。

サーブルは、死体を見て愕然とした。黒焦げの部下らしい死体とともに、シリウスの、あの頭目が転がっていたのだ。サーブルは、すべての死体を見て回った。サーブルの部下の一人残らず、そして、この場にいたであろうシリウスの団員の一人残らずが、死んでいた。

グールが立っている。累々たる死体の間に、静かに立っている。無表情に。瞳だけが、一心にサーブルを見つめたまま。

「お前がやったのか……」

グールは、反応しなかった。

「今まで連れ添ってきた仲間を？　……俺のためなのか？」

そっとサーブルに近づき、グールはサーブルの身体に両腕を回す。

「お前は何者だ？　なぜ俺を……」

グールは、顔をサーブルの肩に擦《こす》りつけ、喉に唇を這わせ、そして口づけをする。

何度も、何度も、浅く、深く、グールはサーブルに口づけをする。サーブルは、黙ってされるがままだった。支部《トルー》を焼いた炎に照らされ、敵と味方の死体の間で、口づけは長く、長く続いた。

「頭の芯が痺れて、何も考えられなかったねぇ。……そうか、それほど俺が欲しかったんならしょうがない……とね」

自分を慕っていた者、自分を必要としていた者、若い命も、その者たちの未来の可能性も、すべて躊躇なく薙《な》ぎ払うほど……。

「……恐ろしい愛だな」

ララの眉間には皺が寄っていた。

「愛ねぇ……」

サーブルは、口の端で笑う。

「では、こう言い直そう。恐ろしい、純粋だな」

「ああ……――。そのほうが、ピッタリくる」

二人に背を向けている死の天使の、赤い髪が風に揺れる度に光っていた。

欲しい――と。恐ろしい純粋さで、赤ん坊のように求めてくる。

それが、なぜ自分なのか、もうどうでもいい。

ただ、選ばれた。ただ、それだけ。

「まぁ、実際の話は、コレに仲間意識なんぞなくてね。あの場合、俺を手に入れるためには、シリウスの仲間は、どうしても皆殺しにしねぇといけなかったわけでござんすよ。でねぇと、揉めるからネ。コレは頭目の情人《イロ》だったろうからネ、間違いなく」

「なるほど。それは揉めるな」

サーブルのためにシリウスから「抜ける」ことなど、頭目初め仲間が許すはずもない。逃げたところで、追っ手はかかる。

「だから殲滅、か……」

ふぅと息を吐いて、ララはお茶をすすった。

「支部《トルー》を全滅させられちゃあ、俺もただじゃすまねぇ。逃げるしかなかったネ。俺あ、あの支部《トルー》で死んだことになっておりやす。念のために、死体は見分けがつかねぇよう、全部焼いてきやした」

「で、第二の人生が、殺し屋か」

「俺に堅気になれと言ったって、無理な話でござんすよ」

サーブルは、また自嘲気味に笑った。

(確かに……大変な経験をしたものだ)

ララは、サーブルの皮肉に歪む口許を見る。正体不明の者のために、いきなり人生を変えられた。人生を変えられるほどの思いをぶつけられ、それを背負うしかなかった。

(サーブルはそれを……これも運命と、諦めたのだな)

だからこんなにも、サーブルの物言いに諦観を感じるのだろうか。ララは、まだ不思議だった。

「そうか……。シリウスが強かったのは、グールがいたからなのだな」

「アイ。コレなら、音もたてず、あっという間に見張りを全滅させせられる。夜目も利くし、高い塀を飛び越えて、扉の鍵も開けられる」

「そして、怪我人も治せるから、団員たちは死を恐れずに無茶ができたというわけか。完全に死んだ者以外は治せただろうからな」

どこで、どうやってグールがシリウスの頭目と出会ったかはわからない。だが、グールとの出会いが、頭目をしてシリウスを結成せしめたのは間違いなかった。頭目が言っていた。グールは、軍神が遣わした死の天使だと。

「命知らずの犯罪者集団を作れと天使を遣わすなど、どんな神だというのだ！　まったく」

ララは、憤然とお茶を飲み干した。

「ガキの考えることでござんすよ。どんなに才能があったって、しょせんガキだった」

「あたら才能のある者たちが……まったく！　おーい、お茶のおかわりをくれ」

そして、シリウスは街道から姿を消した。

サーブルのいた支部《トルー》が襲われたことは、揉み消されたようだ。そこに、シリウスは来なかった。だから、シリウスは忽然《こつぜん》と消え去ったことになる。

サーブルはそれまでの名前も身分も捨て、別の人生を歩むことになった。グールとともに。

煙草の煙が、ゆるい風に吹かれて長々と流れてゆく。

「興味深い……」

ララは、グールの後ろ姿を見る。

「ムラのある霊力といい、いったい何者なのだろうな」

「さぁねぇ……」

サーブルは、目を伏せた。前髪で陰になった瞳の底で、神聖緑王石《アマラグディーナ》は、金色の光を揺らめかせていた。

「わしには、グールはお前を捜すために、急いで成長したように思える」

グールがシリウスの頭目の傍にいたのも、サーブルに会うためではなかっただろうか？　グールは、サーブルが人買いだということを知っていて、シリウスとともにいれば、いつか接触できると思っていたのでは？　ララには、そう思えてならなかった。

「そうかもしれやせん……」

さして興味がなさそうに、サーブルは煙草の煙をゆっくりと吐いた。ララはその様子を、大きな目で見つめる。

（まただ……。この、どーでもいいという感じが、どうも気になるな。年寄りというが、それでもまだ五十にもなっておらんだろうに。枯れすぎてやしないか、サーブル？）

「あっ、またサーブルとお茶してる！」

テジャを抱いたナージスが来た。ララが苦笑いした。

「抜け駆けしてすまぬな」

ナージスは、コホンと一つ咳払いしてから、サーブルに言った。

「隣に座ってもかまいませんか？」

サーブルは、無言で少し頷いた。

椅子に座ろうと腰をかがめながら、ナージスの目線がサーブルの身体の上から下へ動く。

「これ、ナージス。そう舐めるように見るでない。はしたないぞ」

ララが呆れながら言う。ナージスは頭を掻いた。

「は、イヤ。そんな目してました⁉　アハハ！」

「お前さん、若いのにずいぶん渋い趣味だね」

　と、サーブルが言うと、ナージスはその手を取って返した。

「素敵な人に、年齢とか性別とか身分とか、関係あるでしょうか？　恋愛には、どんな禁忌《きんき》もないと思います。思うだけなら自由でしょ。それが成就《じょうじゅ》すれば一番いいけど」

　ナージスの直球勝負に、ララはさらに呆れた。サーブルも呆れたようだが、その口許を苦くほころばせると、囁くように言った。

「悪い子だねぇ」

「……――っ!!」

　真っ赤になって固まるナージス。思わずテジャを、ぎゅうっと抱き締める。ララは、頭を大きく左右に振った。

「サーブル、子どもをからかうのはやめてくれ」

　真っ赤なまま、胸を拳で叩きながら、ナージスが言った。

「サ、サーブル……バビロンから、き、聞いたんですけど、あなたの背中一面には、素晴らしい刺青があるそうですね」

「何っ!?」

　ララが、目を大きくクリッとさせた。サーブルは顔を顰《しか》めて呟いた。

「余計なことを……」

「素晴らしいとは、どのように素晴らしいのか？　見たい！　見せてくれ！」

ララは、身を乗り出した。ナージスも、サーブルにズイと迫った。

「僕も見たいです！」

サーブルは、呆れて二人を見る。

「ご冗談を」

「冗談ではない！」

ララは、ずかずかとサーブルに近づくと、その膝の上にどかっと座った。

「おっ!?」

「何をもったいぶっておる！　見せて減るものではなかろうが」

と、言うが早いか衣の帯をシュッと解き、胸元《むなもと》に両手を差し込んで脱がしにかかる。

「ちょ……、およしなせぇよ、女神殿。はしたのうござんすよ！」

「ラ〜〜ラ〜〜〜……！」

全員、ハッとした。バビロンが、鬼のような形相で立っていた。

「まっ昼間っから男に馬乗りになって、てめ、何やってんだぁあ？」

「……………」

サーブルが、ゴホンと咳払いした。グールは、ずっと笑っていた。

翌々日の早朝、まだ暗いうちに、ララたちはそっとナツラットの町を出た。町の外れまで、町長と主教が見送りにきた。

「道中お気を付けて」

「旅の安全を祈禱《きとう》いたします」

「ありがとう。お世話になりました」

町長と主教は、小さな影になるまで、ずっとララたちを見送っていた。

町の郊外の牧草地や畑を抜けると、もう何もない平野が広がっていた。夜が明ける。ぽつぽつと立つ木々と、そこかしこに転がる大きな岩。この先、北の地方はますます何もなくなって、やがてはまた、岩の荒野となる。

「俺らぁ、ここいらで失礼いたしやすよ」

サーブルとグールは、どうやら東へ向かうようだった。

「楽しゅうございました、ファンム・アレース殿。……お達者で」

「…………」

「世界が無事なら……またいつかどこかで、会いやしょう」

青い瞳と緑の瞳が見つめ合う。バビロンたちは、ララの言葉を待った。

「うむ……。お前たちも達者でな、サーブル、グール。また会おう」

サーブルは、少し頭を下げてから馬を引いた。二人が、ゆっくりと遠ざかってゆく。グールが、チラリと振り返った。

ナージスは、二人の後ろ姿を残念そうに見ていた。大きな溜め息が出る。

「行っちゃった……」

アティカがララに問う。

「大変な戦力になる二人なのに。なぜ……？」

「自らの意志でもって、来る者でないとな」

たとえそれが、世界を救う戦いでも。世界が救われなければ、その者も無事ではすまない。それでも。

「いや、だからこそ……戦う意志が必要なのだ。無理強いはできん」

ララは、二人が去った東の地平を見ていた。そこに広がる空は、ララの瞳のように青々と澄んでいた。そんなララを、少し離れたところからバビロンが見ていた。

9　閉ざされた庭《ホルトウス・コンクルスス》

メソド領に沿って北上すること十日ほど。ララたちは、ヴェーグ地方に到着した。

赤、茶、白、黒の岩の層が、実に美しく岩肌を彩っている。そういう大地が広大に広がっていた。地形は複雑で、なめらかな場所あり、でこぼこした場所あり、狭い場所あり、階段状の場所もあった。広い真っ直ぐな岩壁いっぱいに水が落ちている滝もあった。水の量が少なく、四色の層になった岩肌を舐めるように落ちているので、音がほとんどしなかった。遮るものが何もない大地に降りそそぐ太陽の光が、水壁全体を煌めかせている。

「綺麗〜！」

だが、土のないこの場所には緑がない。たまに、日陰にできた水たまりの周辺に、苔《こけ》のようなものが生えているぐらいだった。

ナージスに抱かれているテジャが、何かを見つけて指差した。

「□あ☆¢＃Юだ▼だш※〒△◎」

岩陰にいたのは蠑螈《いもり》だった。

「ミズイモリだ。こんなところにも生き物はいるんだなぁ」

場所によっては、風が音をたてて駆け抜けるところがあった。風が強く吹く場所が、この先にある。

高い岩壁の狭い間を延々と抜けた先が、ぽかりと開けた。そこには、山のような石柱が連なっていた。

「ひゃあー、すごい景色だなあ！」

ナージスは、首を反らせて天を見上げた。

黒いぐらいの青い空、赤茶の岩山。動くものは何もなく、上空は風が強いのか、コオコオと音が聞こえる。時折、強い風がゴッと大地を打ちつけた。

「見えた！　ヴェルエドだ」

バビロンが、大地の先を指差す。

ひときわ高い岩山があった。山といっても、賢者ナーガルージュナの言ったとおり、それは石柱で、上に行くに従って細くなり、頂上は平たくなっている。ララたちは、頂上を見上げた。

「あそこに、隠者ノゴージャンがいる……」

「ホントにいんのか？　バカ賢者が会ってからも、もう百年もたってるらしいじゃん」

「いると信じるだけだ。バカ賢者と言うな」

ウマを降り、野営の準備をする。ララは、ヴェルエド山の手前の石柱の根本に、穴をあけた。

「ダレス　カフ　サメク　アシム・サンダルフォンの名において……」

土鬼《ドルク》の呪文が、石柱に皆が入れるほどの穴を穿っていく。

「これで、風に吹き飛ばされることはないぞ。隠者殿との話にどれぐらいかかるかわからんが、少なくとも、ここには一泊することになるからな」

ララは、空を見上げた。太陽は、少し傾いてきている。

「ララ、こちらの準備はできました」

ナージスが、アヴィヨンを抱えて立っている。

「よし。では行こうか。バビロン、アティカ、テジャを頼むぞ」

バビロンが、口の端で笑う。ララも、軽く笑い返した。

世界を救う鍵がある。天使を召喚できれば、この戦いに勝てると確信している。し

かし、それには「天使召喚法《ルマアデル》」が絶対不可欠。手に入れなければ……、

「行ってくる！」

ララは、笑顔で手を振った。

ナージスとともに、アヴィヨンの網籠に身体を通す。ナージスはアヴィヨンの舵棒《かじぼう》を、ララは網籠をしっかりと握る。

「飛びます！」

ナージスは目を閉じ、風の精霊に呼びかける。

スーッと、二人は垂直に浮かび上がった。バビロンたちが見上げる。だいぶ上がったところで、アヴィヨンは強い横風を受けた。

「わっ!!」

白い翼が、キリキリッと飛ばされる。「あぶねえ！」と言うバビロンの声が聞こえた。しかし、ボッと青い炎を噴くと、アヴィヨンは、ギューンと上昇した。

「冷や冷やさせやがるぜ、ったくよお！」

バビロンは毒づき、アティカは笑った。

上空は、強い風が渦巻くように吹いていた。舵棒が、ガタガタと揺れる。

「やっぱりすごい風です！　上へ行くほど強く吹いてるみたいですねー！」

「うむ！　では、始めるぞ！」

機関《からくり》の力で飛ぶアヴィヨンを、風霊の力で操作する。ララとナージスは、この訓練を積んできた。ララは印を結び、風霊召喚の呪文を唱える。

「ダレス　アイン　ラメド！　カイオト・ヤーヴェ・エロアの名において……風よ、我に力を貸したまえ！」

ララを中心に、空気が変わるのがわかる。大気に溶け込んでいた精霊たちが意思を持ち、それゆえに形となって現れる。それは、透明な小さな球体だった。一つ一つがキラキラと光っているが、眩《まぶ》しくはなかった。なかには、人形のように見えるものもいた。ナージスが呼びかける風霊よりは、数段高い次元のものが来ていると思われる。

(僕じゃ、ここまでしか見えないんだよな～。ホントは、もっといろいろと複雑な形をしてるみたいなんだけど。それこそ、風馬《ジルフィード》とか)

ララの呼びかけに応じ、風霊たちがアヴィヨンを守る。アヴィヨンの周りだけ風がゆるやかになり、ナージスは操作がしやすくなった。

「上がります！」

アヴィヨンが、さらに高度を上げる。上空では、いちだんと強い風が吹き荒れていた。高い空を、大きな雲がごんごんと流れている。アヴィヨンは、岩山の壁を蛇行しながら飛び上がり、ついに頂上の上空に出た。

「出…………た!?　あれっ？」

ララもナージスも、頂上を見て声を上げた。

「ない……!!」

そこには、何もなかった。ほぼ平らな大地が広がっているだけ。ナーガルージュナの言った湖も、誰かが住んでいたという跡すらなかった。

「違う？　山を間違えた？」

「いやっ……」

上空から見渡しても、この山が最も高かった。これがヴェルエド山に間違いはない。

「ね、念のために、他の山も見てみましょう！」

ナージスは、周辺の山の山頂も見て回った。しかし、どの山にも何もなかった。

ララは、頭が真っ白になる思いがした。

「どうしたというのだろう？　百年の間に何かあったのだろうか？　隠者は住居を移したとか？　亡くなってしまったとか？　……どうすればいいのだろう？」

ララの焦りが、ナージスに伝わる。

「ララ……」

ララは、ぎゅっと目を瞑った。

(落ち着け! 焦ってはならぬ! 考えるのだ! 何をすべきか、考えるのだ!!)

ふ——っ……と、大きく深呼吸する。そうしてから、ララは目を見開いた。何もないヴェルエド山の山頂が見える。

「ヴェルエドの山頂に下りよう。何か手掛かりがあるやもしれん」

「は、はい!」

アヴィヨンが、ヴェルエド山の山頂に近づいた。

高度を下げ、機関《からくり》を止め、あとは風霊の力で着地……というところで、パッ!!

と、アヴィヨンの周りが光った。

「えっ?」

と思った瞬間、ララとナージスは、アヴィヨンごと地上へ落ちた。

「わ——っ!!」

バサバサッと、身体に何かが当たり、二人は柔らかいものの上へ投げ出された。ごろりんと一回転して、倒れる。

「なな、何だ？　どうしたのだ？」

ララは、すぐに顔を上げた。

その目の前に、綺麗な白い花が咲いていた。

「あれ？」

「ララ！」

ナージスの声に振り返る。ナージスは、見上げるような大木を指差していた。それは、大きな葉をもっさりと茂らせた、見たこともないほど巨大なフルカールの木だった。

「この葉に身体が当たったから助かったのか。それにしても、何と大きなフルカールだろう」

そして、地面には一面、緑が生い茂っていた。柔らかい草が、二人を怪我から守ってくれた。

「ララ……」

「うむ……」

二人の目の前には、したたるような緑の草花が生い茂っていた。木々は枝がしなるほど葉と実をつけ、色とりどりの花は咲き乱れ、蝶や蜂が舞い、小鳥の歌が響いていた。

「何もなかったですよね……」

「うむ……」

空を見上げると、高いところを相変わらず大きな雲が流れている。しかし、ここに風は吹いていなかった。風の吹く音すら聞こえなかった。

「鳥ちゃうか？」

「なんか落ちたで」

人の声がした。ララとナージスは顔を見合わせ、急いでその方向へ向かった。

「おっ!?」

突然現れたララとナージスを見て、向こうも驚いたようだが、ララとナージスはそれ以上に驚いていた。

大きな池に、青い空が映っている。池の周りは一面の花畑で、さまざまな色の花が、絵に描いたように美しい色の層をなしていた。花畑を取り囲むような木々の緑は濃く、鮮やかで、青い空にとても映《は》えた。池には浮き島があり、岸から石造りの可愛らしい橋が架《か》かっていた。段々になった花壇《かだん》に薔薇が咲き乱れていて、一番上には薔薇のアーチがあった。その向こうに、白い東屋《あずまや》が見える。

「庭……ですね。とてもよく手入れされてる……」

「うむ……」

庭の花畑の上のテーブルでお茶を飲んでいた人間二人が、ララたちを見て言った。

「何とまぁ、ここに人間が来るとはなぁ。下から登ってきたんかな?」

「こらぁ、また……変わった霊相やな〜」

テーブルに座った二人の言葉を聞いて、ララとナージスは顔を見合わせた。

「どうも、あの……お邪魔いたします」

ララが近づいていき、頭を下げた。

「わしはララ、これはナージスと申します。あの……」

「オストラムや。こっちは、ヴァール」

二人の姿は、一見どこにでもいる男性に見えた。酒場で飲んでいる近所の者、というような格好。シャツにズボン。足下は素足に草履。ヴァールは、長い髪を後ろで編んでいる。しかし、二人ともが、仮面をつけていた。オストラムは赤い仮面、ヴァールは青い仮面。いずれも目元を完全に隠すもので、仮面に目の模様はあるが、それは模様だけで、見るための穴はあいていない。これでは見えないだろうに、ヴァールは確かにララのほうを向いて言った。

「おまはんら、どうやって来たんや？　ここまで来るの、えらかったやろに」

「その仮面、その言葉遣い……。お二方は、ペルソナ僧なのですか⁉」

ウロボロス僧会の高僧《グノースティコイ》のなかでも、最も高位の僧。世界に二十人ほどしかいないと言われており、そのなかからメソドの国王より権力があるという大僧正が選ばれる。その第一の修行は「自己からの脱却」で、彼らは皆同じ僧衣を着て、同じ言葉を喋《しゃべ》り、顔を完全に隠すために仮面をつける。その仮面には、見るための穴はあいていない。つまり、彼らは盲目同然で過ごすのである。その仮面姿から「ペルソナ僧」と呼ばれる。ペルソナ僧は一般の教会には派遣されず、専門のペルソナ僧院で一生を魔術と法典の研究に捧げる。だから、外の世界でペルソナ僧を見かけることは、まず滅多にない。一般市民にとっては貴族や王族よりも雲の上の存在である。

（ペルソナ僧って、こんなんだったっけ？）

二人の砕けた姿に、ナージスは心の中で首を傾げた。

「儂《わし》らがペルソナ僧やったんは、大昔の話や」

「もー、ぜーんぶから引退して、悠々自適に暮らさせてもろてます〜」

「ペルソナ僧って、引退できるんですか？」

ナージスが問うと、オストラムは手を振った。

「フツーはできん。でも、儂《わし》らペルソナ僧に向いてなかってな、それ認められたからやめられたんや」

オストラムもヴァールも、面白そうに言った。

「あの時の大僧正の顔！　今でもよぉ覚えてるわ。口こーんなにとんがらかして！」

「〃ホンマかなんなぁ、おたくら！　外へ出たらその喋り方やめたってや。ペルソナ僧は、滅多に外へ出らんから値打ちあんねんで〃〃ハイハイ、わかってますがな〃って！　結局直れへんかった」

腹を抱えてゲラゲラ笑う二人。ララとナージスは、笑っていいものか迷っていた。

「えーと、あの……」

「あ、ごめん、ごめん。何の話やったっけ？　あ、そうや。ララとナージスというたな。おまはんら、こんなとこまで何しに来たんや？」

「あの……ここは、隠者ノゴージャン殿のお住まいでは？」

池の畔《ほとり》に、石造りの家がある。簡素な佇まいが、いかにも隠者の庵《いおり》らしい。

「そやけど……。ひょっとしておまはんら、隠者はんに会いに来たんか？」

オストラムとヴァールは、顔を見合わせた。ララは、嫌な予感がした。

「隠者はんは、亡くならはったで」

「また……――!!」

ガックリと、ララが膝をつく。頭が、また真っ白になってしまった。

「い、隠者様って、何百年も生きておられたんですよね。とうとう寿命がきたんですか?」

ナージスが問うと、ヴァールが軽く手を振った。

「イヤイヤ。まだまだ長生きしたがな。あの人らは、時間を止めることができるしな」

「じゃ、何で……」

「酒の飲み過ぎや」

「はぁっ!?」

「ついこないだ、何を思たんか知らんけど、二百年ぶりぐらいに酒飲み始めてな」

「そしたら止まらんようになって」

「あっという間に身体こわして、ぽっくり逝かはった」

今度は、ナージスがガックリと膝をついた。

「隠者様……っ! 何ソレ」

「そやからほどほどにしとけ、ゆーたのに」

「でも、満足そうやったからよかったやん。勉強も瞑想も存分にしたし、もうええか～って言うてたがな」

「儂《わし》ら、十年前からここで世話になってな。今、隠者はんの遺品の整理をしてるとこや」

ララは、ハッと顔を上げてオストラムを見た。

「放っといたらアカンもんも多いんでな。ヤバイもんを封印してるんや」

ララは、オストラムにがばりと縋りついた。

「レメ……召喚魔法書《レメゲトン》!!　召喚魔法書《レメゲトン》は、もう封印してしまったのでしょうか!!」

オストラムとヴァールは、ララとナージスの必死の形相に驚いた。

「召喚魔法書《レメゲトン》……」

オストラムは、ヴァールのほうを見た。

「あったか？」

ヴァールは、軽く答えた。

「確かまだ、書庫の奥のほうにあったと思うで」

「ホォォオオ～～～……!!」

ララとナージスは、今度はホッとして膝をついた。

ララとナージスにお茶が出され、二人はオストラムとヴァールにこれまでの経緯《けいい》を話した。二人の元ペルソナ僧は、世界が滅びるかもしれないと言われても、さして驚くことはなかった。

「そぉか〜、そんなことになっとったんか〜」

「この世界は、百年から二百年ごとに滅びの危機が来るなぁ。百年前もあぶなかったやん」

ナージスが身を乗り出す。

「それは、中央戦争のことですか？　実は、魔人《ガルラ》対仙人《アヴァロン》の魔術戦争だったとか」

ヴォワザン帝国の皇帝《インペラドル》ドオブレは、魔人《ガルラ》の助けを借り、この世界を征服しようとしていた。それを阻止せんと戦いを挑んだのが、幻の国と言われるエリュシオン国とその連合軍だった。ツインギードの決戦の場で、魔人《ガルラ》は連合軍を敗戦寸前にまで追い込んだが、そこに突如として現れた仙人によって、連合軍の窮地《きゅうち》は救われ、結果、連合軍が勝利した。

「シグマ仙人はな、連合軍を率いとった大将の一人の身内やったんや」

ララとナージスは、驚いた。

「ということは、その方は人間の身で、修行して仙人になったということですね！」

「スゴイ！　憧れるな〜」

シグマは仙界にいて、さらに上の次元の神界に入る準備をしていた。その前に、たまたま人間界に里帰りをしていた。そこで身内の危機を知り、決戦の場に駆けつけたのだった。

「うわ〜、物語みたいだ。胸躍りますね」

「運命いうんはな、なるようになってるもんなんや。ホンマは、たまたまとか、偶然とかはない。すべては、必然や。ほやからな、諦めたらアカンねん」

「そうそう。運命の女神はんはな、いっつもそこを見てはんねん。諦めるもんには、微笑んでくれへんねんで」

オストラムとヴァールの言葉は、ララの胸に沁みた。

「ララは、いつもギリギリでも間に合ってますよね。ララは、絶対に諦めませんものね」

ナージスにもこう言われ、ララは嬉しそうに微笑んだ。

オストラムは、椅子の背にぐっともたれて言った。

「儂《わし》らも、あと五十歳若かったら一緒に行くのになぁ〜」

「いくらなんでも、もう無理やなぁ。今まで、ぎょーさん戦場回ってきたけどなぁ〜」

その言葉に、ララとナージスはまた驚いた。

「ペルソナ僧が戦場に!?」

「言うたやろ。儂《わし》ら、はみだしもんなんや。ペルソナ僧やるより、自分の力使て動き回るほうが性《しょう》に合うとったんや」

「中央戦争にも参戦したで〜」

どうりで詳しいはずだった。

「ペルソナ僧が、傭兵《ようへい》として戦場を渡り歩くなんて……」

ララもナージスも、目が点になる。

「ちなみに、お二人はどんな力をお持ちなんですか?」

そう問うナージスの前に、オストラムは、スッと手を差し出した。その手のひらに、ほうっと火が灯る。

「火霊使《バルログ》い!」

「火炎魔人ですか。コワイな〜」

オストラムは、頷いてからヴァールを指差した。

「こっちは、天通眼や」

「霊視能力者《レイヤー》!」

ヴァールは、ララを見ながら言った。

「おまはんは変わった霊相しとると思てたんや。これが聖魔の魂の霊光《オーラ》なんやなぁ」

「どんなふうに変わってるんですか?」

ナージスが訊ねる。

「複雑やな。普通は、霊光《オーラ》は一方向に放たれるんやけど、ララのは渦巻いてる感じや。でも、綺麗やで」

ヴァールに優しく言われ、ララは頰を赤くした。

オストラムはお茶を淹れ直し、ズーッとすすってから大きく息を吐いた。

「しかしまぁ、天使召喚法《ルマアデル》で天使を呼ぼうやなんて、ごっついこと考えるなあ」

「ふつーはできへんもんなあ。聖魔の魂の持ち主が、二人揃てるっちゅーんが奇跡やね」

ララは、ふっと目を伏せた。

「本当は……一刻も早く、テジャを竜族に、親元にお返しせねばならないのですが

「……」

テジャの力なら、その身に天使を降臨させても大丈夫だろう。だが、それも危険がまったくないとはいえない。もしテジャの身に何かあったら、竜族に、テジャの両親に、どう詫びればいいのか。ララは唇を噛み締める。

「大丈夫や。竜族の長は、わかってくれはるで」

オストラムもヴァールも、笑って言う。

「命懸けは、召喚者《サマナー》であるおまはんも同じことやろ。二人の力で天使を呼ぶ。それが、魔女を打ち倒すためにこっちができる唯一無二の方法や。胸張りや！」

ララは、力強く頷いた。

「ほな、ちょっと召喚魔法書《レメゲトン》捜してくるわ」

ヴァールが、席を立った。

雲がごんごんと通り過ぎる空に、小鳥が楽しそうに戯《たわむ》れている。蝶が優雅に舞っている。ララはお茶を飲みながら、それを見上げていた。

「強力な結界が張られているのですね」

オストラムが頷く。

「これは、尊師バビロンが張られた結界や。ここにはヤバイもんが、ぎょうさんあるからな。悪心のあるもんが入ってこられんように、外から見えんようにしはったんや。外から来る魔力や霊力も弾くしな」

「あ、だからわしらは落ちたのか」

召喚魔法書《レメゲトン》があるというだけで、もう充分危険だ。この世界で最高術者と言われる白魔《しろま》道士《どうし》バビロンが、その術を尽くして守るだけある。

「この結界に入ってこられた時点で、おまはんらは信用できるっちゅーことになる。もっとも、入ってから心変わりする可能性はあるけどな」

そう言って、オストラムは軽く笑った。ララとナージスは、こそりと言い合う。

「ナーガルージュナ様は、何もおっしゃいませんでしたね、結界のこととか」

「忘れてるんじゃないか？　賢者殿なら、この結界にあっさり入れただろうしな」

池の水面で、魚がパシリと跳ねた。緑の波紋が広がってゆく。花の香りが匂っている。

おだやかな空気に満たされた、美しい閉ざされた世界。

「本当に……よい庭ですね」

「隠者はんが、ここ百年ほど庭いじりに凝っててな。それまでは、なぁんもなかったみたいやけど。この池も、もっとずっと大きかったらしいで」

池に、大きな白い水鳥がいた。その姿は、深緑の水面によく映えて実に美しかった。

「鳥たちは、ここにずっといるのですか？」

「ここにずーっとおるもんも、渡りをするもんもおる。自然の生きもんたちは、みんな結界は素通りや。風にあおられて、ここへ落ちてくるもんもあるし、風の止み間にここから出ていくもんもおるよ」

ララとナージスは、隠者の庭を散歩した。オストラムは、アヴィヨンを興味津々《きょうみしんしん》で見ていた。

白と黄色の水中花が揺らめく池を覗いて、ナージスが言った。

「故郷を思い出します」

「あそこも美しい水の郷だったな」

段々になった薔薇の花壇を上へ上へと上り、薔薇のアーチをくぐると、白い東屋がある。そこは緑に囲まれて、ちょっと秘密めいた場所だった。薔薇の香りが籠もっていた。

「う〜ん、いい匂いだ」

「服に染みついちゃいそうですね」

東屋の中に座ってみる。石造りの小さな東屋は、冷んやりしていた。静かだった。

「瞑想や読書をするのに、ぴったりな場所ですね。あっという間に、何時間も過ぎてしまいそうです」

そうやって、こういう場所にじっと座って、隠者はどれほどの時間を過ごしたのだろう。ララは、気が遠くなりそうだった。

花の香りに浸っている二人のもとに、十五、六歳の少年がやってきた。

「お菓子をお持ちしました」

「そなたは？」

少年は、石のテーブルに焼き菓子とお茶を置いた。

「僕は、アゴリ。隠者様にお仕えしていたゴイエレメスです」

「自動人形《ゴイエレメス》!!」

ゴイエレメスとは、石に呪文という魂を吹き込み、成長させた魔人形である。術師の能力や趣味によって、人、犬、猫、鳥など、形態はさまざま。また能力も、召し使いから戦士までさまざまである。

「わー、初めて見た！」

「どこからどう見ても人間だ。さすがだなぁ～」

黒髪、黒い目のアゴリ。肌の質感も、髪の毛も、指先の爪も、人間そっくりだった。作り手の魔力の高さが窺える。だが、やはりその身体には、少年らしい柔らかさがない。体温もなかった。

「それにしても、名前が少年《アゴリ》とは。隠者殿も適当な」

「このお菓子は、君が焼いたの、アゴリ？　お、ジャム入り」

「薔薇のジャムだ！　おいしい!!」

「毎年、薔薇がたくさん咲くので」

アゴリは、にこっと笑った。

「笑うこともできるんだ。ほんっと、作り物に思えないなー」

「どこぞの緑の目の男より、よほど人間らしいな」

「比べないであげてくださいよぉ。彼は滅多に笑わないからいいんでしょお。彼がニコニコしたら怖いですよ」

「それもそうだ」

「お菓子を召し上がったら、ヴァール様がおいでになるようにと」

召喚魔法書《レメゲトン》が見つかったのだろうか。ララとナージスは急いで菓子を食べ、お茶を飲み干して、庵に向かった。

10　愛しき世界のために

石造りの隠者の庵は、こぢんまりして質素だった。ベッドと、小さな暖炉、小さな台所、小さなテーブル。その他には何もなかった。本以外は。ベッドの脇に、暖炉の脇に、椅子の上に、塔のように本が積まれている。ララがチラリと、一冊の表紙を見た。哲学書だった。

「こっちや」

奥の壁の扉の向こうから、オストラムが呼ぶ。そこは地下への階段だった。螺旋《らせん》の階段を下へ下りてゆくと、庵の地下は、巨大な書庫となっていた。壁中が何十段もある本棚になっており、そこにぎっしりと、本の他にもさまざまなものがつまっていた。木箱、紙箱、絵、標本、模型、実験道具、石、香炉、などなど。

「うーわー、見てるだけで息がつまりそうです」

「そうか？　わしはわくわくするぞ」

ララは、この膨大な書物を端から読み漁りたいと思った。

下から見上げると、本の森にいるような、本の海の底にいるような気持ちになった。自分も本の一冊になったような気分だった。天井には、明るいのに眩しくない不思議な明かりが灯っていた。

ヴァールが、大きな分厚い本を持ってきた。

「召喚魔法書《レメゲトン》!?」

それは、世界を震わせる魔法書のなかの魔法書にもかかわらず、とても地味な本だった。形は大きいけれど、焦げ茶色の革の表紙に、渋い金色の木の模様が飾られている。

「生命の木ですね」

魔術の理《ことわり》を象徴的に描いた「生命の木」。ララは、ドキドキしながらその扉を開いた。

……が、さっぱり読めなかった。

「えーと……」

ヴァールが笑った。

「いきなりは読めんで。ちょっと時間がかかる。まぁ、おまはんなら、すぐに読めるようになるやろ。そこが天使召喚法《ルマアデル》の頁《ページ》や。にらめっこしときや」

「は、はい」

ララの目には、ただの数字と記号の羅列にしか見えない。これが、声に出して「詠《よ》める」ようになるのだろうか？

「わー、まるで数式みたいですね」

ナージスが、ナージスらしい意見を言った。

「数式……、ほう、お前にはそう見えるのか。不思議だな……」

ララは、あらためて召喚法と向き合う。

「ナージス、ちょお、おいで」

「はい、ヴァール様」

ヴァールは、雑多なものが置かれた棚の前に、ナージスを連れていった。

「隠者はんが持っとったなかで、おまはんらにあげられるもんがないか見てたんや」

「えっ、いいんですか？　隠者様の形見でしょ？」

「かまへん、かまへん。べつに、隠者はんが大事にしとったもんとかとちゃうねん」

棚の中から取り出された麻袋には、色とりどりの小さな玉が二十数個も入っていた。

「サンゴー草で作った睡眠香《バンジ》や。これは効くで〜」

睡眠香《バンジ》とは、眠り薬のことである。用途はさまざま。玉に入ったものは、叩きつけ、爆発させて使う。

「これは……お、馬宝玉《ばほうぎょく》や…って、馬入ってないやん！　こっちは鳥寄せの笛か〜。あ、これはええな。鷹の羽衣《はごろも》……」

ヴァールとナージスがごそごそしている間、ララはずっと天使召喚法《ルマアデル》を睨んでいた。頭の中で、数字や記号が行ったり来たりを繰り返している。それは、連なって流れていったり、バラバラで飛び回ってみたり、ララの頭の中を縦横無尽に駆け回った。それを心の目で追っているうちに、ララの口許がいつの間にか、ブツブツと何かを呟いていた。

「これ！　これやがな!!」

ヴァールが取り出した六角形の宝石箱のように美しい箱を開けると、青い粒がつまっていた。

「何ですか？」

「精霊丸《ディアドクス》や」

「毒消し薬ですか？」

「氷の魔女は、ベルベルの向こうにおんねやろ。そこは、魔界からの瘴気《しょうき》の籠もった場所や。普通の人間は行かれへん」

ナージスは頷いた。

「そうなんです。だから僕は、防毒面を作ろうと考えてました」

そう言うナージスの目の前に、ヴァールは青い丸薬を差し出した。

「これ飲んでれば、大丈夫やで！」

「えっ、ホントに⁉」

精霊丸《ディアドクス》は、自然の毒、魔術の毒、異界の毒、あらゆる毒に効くとされる霊薬である。それは精霊界からもたらされたもので、一角獣《ウルニコス》の角でできていると言われている。ただし、あらかじめ飲んでおかないと効力はない。効き目のある時間は、日の入り、月の入りまで。

「太陽でも月でも、沈んでしまうと効力が切れるんや」

「つまり……たとえば朝飲んでも、お昼ちょっと前に飲んでも、太陽が沈むと効力は切れる、ということですね」

「そういうことや。気ぃつけや」

魔女のもとに乗り込む時間帯によっては、注意が必要になる。全員に予備を持たせる数は充分あるものの、魔界の瘴気を普通の人間が吸うと命にかかわる。効力がきれないうちに次を飲まねばならない。

「気をつけて使います。ありがとうございます、ヴァール様！」

天使召喚法《ルマアデル》を読みながらブツブツと呟いているララのもとに、オストラムがそっと近づいた。

「お、読めるようになったな」

ララは、ハッと顔を上げる。

「……ホントだ」

ララは驚いた。初めは何のことやらサッパリわからなかった文字も記号も、すべてわかるようになっていた。

あらためて、召喚法をじっくりと見る。

ララの目の前に、青い光が射した。それはみるみる黄金色に輝き、ララを包んだ。黄金の光の中に黄金の木がするすると生え、黄金の葉を茂らせる。その中から透き通った黄金の鳥たちが姿を現しては、次々と飛び立ち、ララの周りを軽やかに羽ばたいた。鳥たちのさえずりは、ララに話しかけているようで、歌いかけているようで、ララはとても楽しくなった。

花の香りが匂っている。水の香りが匂っている。大空を優しい雨がベールのように被い、そこに虹がいくつも架かっている。

どこまでもどこまでも、果てしなく透明で、清浄で、一点の染みもなかった。美しかった。哀しくなるほど……。そして、ララは気づいた。

「そうか……。これは、天堂なのだな……」

再び、ハッと気づいた。目の前で、オストラムが静かに微笑んでいた。

「さすが、聖魔の魂の持ち主は、会得《えとく》するんも早いなあ」

しかし、それでももう何時間も過ぎていた。ララが外へ出ると、あたりはすっかり夕景だった。

太陽が、岩ばかりの地平の向こうへ沈もうとしている。黄昏の隠者の庭は、またいちだんと美しかった。花と緑と水の匂いがいっそう濃くなり、水辺では蛙《かえる》たちが、草陰では虫たちが鳴いている。閉じゆく花、咲き始める花。昼から夜へと時間は移る。

今日生まれた命があり、たった一日の命を終えるものもいる。小さな、小さな小宇宙。

沈みゆく夕陽に赤々と照らされながら、ララは涙が溢れてくるのを感じた。胸が熱く、切ない気持ちになる。

「ララ、どうしたんですか？」

心配そうに傍に来たナージスの手を、ララは景色を見つめたまま握った。

「この世界は、天堂に負けず劣らず美しい」

天堂を垣間見《かいまみ》たララは、目の前のこの世界が愛しくて愛しくてたまらなかった。

「隠者殿の庭だけではない。ヴェーグの石ばかりの世界も、ギガント周辺の荒野も、お前の故郷も、アマグスタも……とても……美しい」

人が暮らし、生物たちが生き、泣きながら、笑いながら、時に憎しみ合い殺し合っても、それでも。

「それでも……とても美しく、愛しいぞ」

ララは、ナージスの手を胸に抱いた。そんなララを、ナージスは優しく抱き締める。

触れ合う喜び。そこに愛も憎しみもある、血の通った身体。

ナージスの温かい腕の中で、ララの胸は、さらに、さらにいっぱいになった。

一つになった若い命に、大人二人が寄り添う。

「さあ、ララ。そろそろ風が止む頃や。下に下りるには、ええ時間やで」

「荷物いっぱい持っていかなアカンしな。風のない時のほうがええやろ」

ナージスが、ララに笑いかけた。

「お二人には、役に立つものをたくさんいただきましたよ。新鮮な野菜まで！」

「野菜⁉」

元高僧二人が笑う。

「俺の裏で、野菜作ってんねん。坊主は、野菜作りがうまいんやで～」

「旅人は野菜が不足しがちやろ。たんと食べや」

四人の笑い声が、黄昏の池の水面に波紋のように広がっていった。

野菜のはみ出した荷物を抱え、ララとナージスが飛び立とうとしていた。

「天使召喚法《ルマアデル》ですが……、わしが唱えた呪文なりを記録される、という危険はないのですね⁉」

オストラムもヴァールも頷いた。

「大丈夫や。天使召喚法《ルマアデル》はな、召喚魔法書《レメゲトン》で読んで覚えたもんにしか詠唱できんねん。ほいで、一回唱えたら、二度目はもう詠唱できへんねん」

「安心いたしました」

ララも、深く頷いた。

ヴァールが冷静な声で言った。

「危険が迫ってるで、ララ。もう陽は沈んでまうけど、なるべく早く発ったほうがええ」

ララとナージスは、顔を見合わせた。

「テジャへの追っ手が、追いついてきたのですね」

天通眼のヴァールは頷く。

「テジャが生まれたんは、魔女に筒抜けやったらしいと言うたな」

賢者ナーガルージュナのもとに召喚された悪魔アロウラは、赤竜族《せきりゅうぞく》の中に魔女の密偵がいて、テジャが聖魔の魂を持って生まれてきたことを魔女に報せていたと予測した。

「テジャの匂いを知ってる奴がおるんやろう」

「だから、正確に追いかけてこられるのですね」

ララは、眉間に皺を寄せた。しかし、すぐにその顔を上げて胸を張った。

「ご心配なく。追いつかれたら、迎え撃《う》つまで。負けません」

ララの身体には、新たなる力がみなぎっていた。それは、この世界への思いだった。雑多な生物たちがひしめき合う、未熟で混沌《こんとん》としたこの世界が愛しい。何としても守りたい。その思いが、今、何倍にも膨らんでいた。

「ララ」

オストラムが、ララの前に布に包まれた細長いものを差し出した。布を解くと、青い鞘と銀の柄が現れた。

「剣！」

それは、白兵戦用短剣《ソイ・コルト》だった。長剣よりやや短い刀身で、両刃。名のとおり、接近戦に向いている剣である。

「うわ、重い！」

ナージスが、鞘から刀身を抜く。銀色の刃《やいば》は美しく、夕陽を映して七色に輝いた。

ナージスとララの身体に、ぞくりと鳥肌が立つ。

「これは……！」

「神剣ですか!?」

オストラムは、にやっと笑った。

「神剣〝天空《ハラール》〟や。神鉄《オレイカルコス》が、ちょっとだけ入っとる」

神鉄《オレイカルコス》で打った神剣は、魔も、空間も、時間も斬ると言われている。

「まぁ、空間も時間も斬ることができるとは言わんけど、おまはんの連れ合いなら、充分魔族どもを退けられるやろう」

「バビロンに……」

バビロンが神剣を使いこなせれば、戦力は何倍にも上がるだろう。

「こんな凄いものをいただけるとは……畏《おそ》れ多い」

「そう思うなら、全部無事にすまして返しにおいで」

オストラムとヴァールは、そう言って笑った。ララとナージスは顔を見合わせてから、揃って大きく頷いた。

「この世界のことは、頼んだで」

アヴィヨンで飛び立つララとナージスに、オストラムとヴァールが手を振る。

「お任せください！　必ず魔女を打ち倒して参ります!!」

「ありがとうございました、ヴァール様、オストラム様！」

風の止んだヴェーグの空に、アヴィヨンが舞う。

その白い翼が、燃えるような夕陽を浴びて紅に染まっていた。

「不死鳥のようやな」

オストラムとヴァールは、溜め息のように言った。

あの強風が嘘のように止んだ岩の大地は、静まり返っていた。バビロンは岩穴から出てきて、先ほどから落ち着きなく歩き回っていた。時折、チラリと空を見上げる。

アティカはテジャをあやしながら、くすりと笑った。

「長いですね」

「あ?」

アティカは、笑顔でさり気に言った。

「でも、大丈夫なんでしょう!?」

そう言われて、バビロンは頭を掻いた。

「ああ、まぁな」

大きな溜め息をついてから、バビロンは岩の上にどっかと腰を下ろした。止んでいた風が、また吹き始めたのか、風が出てきた。その空を、アティカが指差した。

「ほら、バビロン」

バビロンが振り向くと、夕闇迫る空を、白い翼が紫の影となって横切った。

「帰ってきたか」

バビロンは、ホッとした。

旋回したアヴィヨンが、垂直に下りてくる。アティカもテジャも、岩穴から走り出た。

「お帰りなさい、ララ、ナージス」

「ただいま、バビロン、アティカ、テジャ」

アヴィヨンを下ろしたナージスに、テジャが駆け寄る。

「どうでした、上は？」

「隠者とやらに会えたのかぇ？」

「見よ！」

ララは、大きく膨らんだ袋を見せた。

「新鮮な野菜をいっぱいいただいたぞ！」

「……おめえ、何しに行ったんだ？」

「その話は後だ！」

ララが表情を引き締めて叫んだ。

「荷をまとめよ！　すぐに出発する！　テジャを狙う追っ手が迫っておるのだ。隠者殿の聖地の足下を汚《けが》すわけにはいかん。できるだけここから離れるぞ！」

ララたちは、野営しようと用意していた荷を大急ぎでウマに積み直した。

ルーバーを走らせながら、バビロンが叫ぶ。

「追いつかれちまったのか！」

「そうだ！　ナツラットでゆっくりしすぎたな」

ララは、苦笑いした。

「いよいよとなったら迎え撃つぞ、バビロン、アティカ！」

バビロンとアティカは、不敵に笑った。

「任せろ！」

石柱の立ち並ぶ風と岩の大地を、ウマたちが素晴らしい速さで疾走する。濃紺の帷《とばり》がじわじわと下りてきて、地平線との間に赤と金と白の帯が重なっている。その三重の帯が二重になり、赤い帯だけになり、やがて大空が夜に閉ざされた。暗闇の中、ララたちは火霊《かれい》の松明を灯し走り続けた。

石柱の森を抜け、岩の大地が再びうねうねとした地形に変わり、その後平らになってきたところで、ようやくウマを止めた。おおかたの夜族は夜行性なので、ララとしては夜明けまで走り続け、夜が明けてから休みたいところだが、固い地面を疾走することは、ウマたちへの負担が大きい。ネーヴェたちには、ぎりぎりまで頑張ってもらった。もう風もなく、避難用の穴を掘ることもなかったので、ララたちは岩陰で荷を解いた。

「ジャーン！　ゴイエレメスの呪石〜。タラッタラー♪」

ナージスが、得意げに小石を見せた。

「ゴイエレメス⁉」

バビロンとアティカが、顔を見合わせた。

「どうぞ、ララ」

ナージスは、小石をララに渡した。

「うむ。えーと……ダレス　カフ　サメク　アシム・サンダルフォンの名において……大地の精霊よ、聖なる魂となって、石の器に命を吹き込みたまえ……」

呪文に従って、小石がむくむくと成長した。

「おおー！」

バビロンもアティカも、そしてテジャも目を剝く。石は、十五、六歳の少年アゴリの姿になった。

「初めまして。アゴリといいます」

「これが、魔力で動く自動人形《ゴイエレメス》ってやつか！　成長するとこを初めて見たぜ」

バビロンは、アゴリをまじまじと眺める。

「このアゴリは、もともと隠者殿に仕えていたゴイエレメスでな。譲っていただいたのだ」

アゴリは、てきぱきと野営の準備をした。ララたちの食事の世話と、その後はウマたちの世話をこまごまと、黙々と行った。

「いや〜、こりゃあ助かるわ〜」

主に雑用担当だったバビロンが、一番喜んだ。

ララたちは遅い夕食をとった。貰ったばかりの野菜で作ったスープは、野菜の旨味と栄養が身体中に染み透るようだった。ウマたちも、新鮮な野菜に大喜びした。

ララとナージスは、隠者の庭での出来事をバビロンとアティカに話して聞かせた。緑したたる別世界の様子を聞き、バビロンは口をとがらせた。

「ちぇっ、俺らぁ、じりじり焼けた岩ばっかのとこで干涸《ひから》びそうだったのにヨ」

「ゴイエレメスの話を師父から聞いたことがあります。僧院には下働きとしてたくさんいたとか」

ナージスが、貰い物の中から麻袋を取り出した。

「実はアゴリの他にも、ゴイエレメスの呪石はたくさん貰ってきました！」

袋の中には、呪文字の刻まれた小さな石が入っていた。

「そうか。ララなら作れるのですね」

「わしにどれほど精巧な魔人形が作れるかわからんが、いざという時には戦力に使えるだろう」

野菜を生で齧《かじ》りながら、バビロンが言った。

「ゴイエレメスより、天使召喚法《ルマアデル》は会得できたのか？」

ララは、静かに頷いた。テジャをそっと抱き寄せて、その柔らかい赤い髪を撫でる。

「大変な術式だ。あれは、天堂そのもの……。この小さな身体に、あんな巨大な力を降ろすのかと思うと身が縮む。許せよ、テジャ。でも、どうかお前の力を貸してほしい」

ララは、テジャの髪に優しくキスをする。テジャは、不思議そうにララを見上げた。黒い丸い、つぶらな瞳。春の初めの雨のような、純粋な存在。しかし、その心には、愛も哀しみもある。赤竜の姫君としての誇りもある。何も知らないはずのテジャが、怨敵《おんてき》の蛇妖を打ち倒した。あの姿を見て、ララに迷いはなくなった。テジャは、霊力が高いだけの子どもではないのだと。この世界を守って立てる、特別な力の持ち主なのだと確信した。

じっと見返していたテジャは、ララの頬に唇を寄せてキスをした。その微笑ましさに、アティカとナージスの頬も緩む。

「一緒に戦おうな、テジャ。お前の身は、皆で全力で守るぞ！」

その夜、ララたちは荷をまとめたまま、寝ずに過ごした。

降るような満天の星。手が届きそうだった。

岩に腰掛け、見張りをしているバビロンの横に、ララがそっと寄り添う。バビロンの大きな手の中に、ララは自分の手を滑り込ませ、ぎゅっと握った。触れ合ったそこから、潮が満ちるようにひたひたと、ララの心には幸せが溢れ、バビロンの心にはララの心の揺らめきが伝わる。

魔女との対決が迫っている。自分たちは、何の迷いもなくそこに向かって進んでいる。武器も手に入れた。勝算は充分ある。それでも、心は揺れる。全員が無事にすむという保証はない。誰かが大きな怪我を……命を落とすことになるかもしれない。それだけは絶対に避けたいけれど、その覚悟はしておかなければならないのだ。最悪の事態の覚悟なくしては、何事も成し得ない。

バビロンの手が、ララの手を握り返してきた。そっと。強く。温かく。それだけで、ララの心は、朝凪《あさなぎ》の海のように静かに、おだやかになる。水平線の彼方《かなた》まで見渡せるような、澄んだ気持ちになる。

恐れているのは、皆同じ。恐れのない戦士などいない。仲間とともに手を繋ぎ合い、恐れを乗り越えて、その向こうに必ずある勝利を掴み取る。そんなバビロンの思いが、ララの心に流れ込んでくる。ララは、心の中で強く、深く頷く。これまでも、これからも、こうして同じ気持ちを確かめ合う二人。何度も恐れ、哀しみ、苦しみ、そしてそれを乗り越える。一人でもそうだった。仲間がいる今は、魂を繋ぎ合った相手がいる今は、なおのこと。

(前を向いて歩いてゆく。わしは、迷わず前を向いて歩いてゆく……！)

ララはまた、気持ちをあらためた。

「オストラム殿とヴァール殿から、お前に預かり物がある、バビロン」

「俺に？」

ナージスが、神剣天空《ハラール》を持ってきた。

「剣!?」

バビロンは何気に柄を持ったが、その瞬間、腕から全身へ、ぶわあっと鳥肌が立った。獅子の髪が逆立つ。

「うおっ!?」

「神鉄《オレイカルコス》の混ざった神剣、天空《ハラール》だ」

「神剣《スヴアール》!」

バビロンが神剣をかざした。闇の中で、天空《ハラール》は銀の光をまとい、光はバビロンの全身をも光らせた。バビロンの中の、水竜の霊力が反応しているのだ。

「こいつぁ、重ぇな……」

バビロンは少し顔を歪ませた。

「だが、すげぇ力を感じる。だいぶヤンチャみてぇだな。ちょイと躾けねぇと」

ニヤリと、バビロンはララに笑いかけた。ララも笑顔で頷いた。

明け方。

バビロンにもたれてウトウトしていたララが、何かの気配にハッとした。続いて、眠っていたテジャやルーバーたちも次々と起きた。

「来やがったか?」

「うむ。何かが近くまで来ているようだ」

「結界張れ。俺は出る」

バビロンは、銀の長剣を腰に、神剣天空《ハラール》を背に負った。続いて、アティカも剣を抜く。

「私も出ます」

「僕も出ます！」

ナージスが、アヴィヨンを抱えて飛び出してゆく。ララは、テジャとウマたちを守る結界を張った。塩を撒《ま》き、四方に神石を配置し、呪文字を書き込んでゆく。

「ダレス　カフ　サメク　アシム・サンダルフォンの名において！　聖なる大地の力よ、邪悪を退け、我らを守りたまえ！」

ナージスが、飛び立った。地平線が銀色に光っている。夜が明けようとしていた。

もちろん、昼間活動できる魔族もいるし、夜族も朝陽が射すまでは力を出せる。夜が明けてきたからといって、油断はできない。ナージスは、賢者ナーガルージュナに貰った、魔性を透視する霊具《チユリンガ》「水鏡の珠」で、あたりを偵察した。

「いた！」

岩の大地を、十体ほどの妖魔が、真っ直ぐにララたちのもとへ向かっている。

「あれが斥候《せっこう》だとして……本隊は？」

妖魔どもの後方を、ナージスは慎重に透視した。

「できれば、テジャの匂いを知ってるっていう〝鼻〟をやっつけたいなあ」

暁闇《あかつきやみ》の青い景色の中、大地に墨がにじんだように立つ影があった。

「ん？　あれも魔族の仲間？　何で一体だけ？」

ナージスはそのあたりを探ったが、他に本隊らしき妖魔の影は見えなかった。

「おかしいな。あれで全部だとしたら……少なすぎないか？」

ナージスが上空から見ていると、一体きりの影が、かがんで何かをしているように見えた。

「何を……？」

ナージスは、なぜか嫌な予感がした。すると、かがんだ影から、薄い影がじわじわと広がっていった。

「あれは何？」

薄い影はどんどんと広がってゆく。ララたちがいる方向へ、水が流れるように進んでゆく。

「なんかヤバイ!!　ララに報せなきゃ!!」

アヴィヨンが、ゴッと火を噴いた。

襲いかかってきた妖魔どもを、バビロンは鮮やかな剣さばきで一瞬で倒した。

「おお〜！」

「こンぐれぇ、神剣使わなくったって朝飯前よ。もう終わりかあ？　少なくねぇか？」

ララにもはっきりわかった。バビロンの剣術は格段に上達している。本来の豪腕の剣に、賢者の教えである無駄のない動きが加わり、より速く、より強く剣をふるうことができるようになった。それは、バビロンも確かに実感していた。筋肉の最小の動きで、剣の最大の威力を発揮する。それは、快感ですらあった。

「しごきまくられた甲斐があったってもンだ」

そんなバビロンを、アティカが満足そうに見ていた。

そこへ、ナージスが下りてきた。

「ララ――――ッ!!」

その慌てた様子に、皆がピリッと緊張する。

「どうした？」

「後方に、もう一体妖魔らしきものを見つけたんですけど、そいつから、薄い影が川のようにこっちに伸びてきてるんです。上空からは、それがなんなのか、はっきり見えませんでしたが、なんか、なんかすっごいヤバそうな感じがします！」

バビロンとアティカは、何のことかよくわからなかった。しかし、ララは大きな目をグリグリさせた。ナージスの予感、川のように伸びる影。少ない妖魔部隊。

「!!」

ゾッと、ララの身も震えた。

「結界を解く！　皆、入れ!!　急げ!!」

バビロンたちが結界へ飛び込むと、ララは大急ぎで結界を閉めた。その次の瞬間、薄闇の向こうから、ぞろぞろぞろぞろと黒い水が押し寄せてきた。

「な、何だ、アリャ？」

倒れた妖魔の身体が、みるみる黒い水へ沈んでゆく。それは、あっという間に骨だけになり、やがてそれも消えた。皆、慄然《りつぜん》とした。それは、蟲《むし》だった。黒い楕円形《だえんけい》の身体に無数の足と長い触覚を持っていた。それらが、結界の周りを海のように埋め尽くしてざわめいた。

「ひゃぁあああ〜〜〜！」

ナージスは震え上がった。ウマたちも怯えている。

「痒《かゆ》い！　身体が痒いです！　これ最悪です！」

ナージスでなくとも、身体が拒否反応を起こすというものだ。ララもバビロンもアティカも、皆冷や汗をたらした。アゴリに抱かれたテジャだけが、不思議そうに首を傾げていた。

「放蟲《ファングー》といってな、蟲使《むしつか》いが操る妖蟲《ようちゅう》だ。一匹でも身体に入られたらお終《しま》いだぞ」

「あっぷっねー」

「虫は平気ですが、こう大量だと……」

アティカは、苦い溜め息をつく。

「しかし……これはマズイな。これでは結界を解けぬ」

ララのその言葉の意味を、皆が理解した。

「もうすぐ夜が明けますよ。朝陽が射す前に撤退するんじゃないですか？」

「朝陽が苦手な妖魔が、こんな時間に仕掛けてくるものか。わしらが結界を張っていることも、術者は想定済みであろう」

「……兵糧攻《ひょうろうぜ》めか」

バビロンが唸った。

「ぼ、僕がアヴィヨンで、一人一人運びます！」

ナージスはそう言ったが、ララは厳しい表情のままだった。見渡す限りの大地を埋め尽くした妖蟲。結界の中から外へは、結界を解かずに移動できるが、アヴィヨンで一人一人どこかへ移したとしても、蟲《むし》どもはすぐにそこへも押し寄せるだろう。この結界の中からでは、ララは大きな力をふるうことはできない。ララは、あらかじめもっと強い結界を張っておくべきだったと悔《く》やんだ。

（アヴィヨンに乗って、上空から風か……。いや、水!?　いや、水や風を使って、もし人のいる場所へでも飛んでしまっては……。やはり火で焼いてしまうのが一番……）

爆裂などの単発的な力では、この大きな流れを止めることはできない。燎原《りょうげん》の炎でもって舐め尽くさねば。

（しかし、不安定な上空で、どれほどの力が呼べるだろうか!?　また、一度の術式ですむのか？）

不安は、多々あった。ララは唇を噛み締める。そんなララを、テジャが黒い瞳で見つめていた。ララは、ふっと口許を緩めた。テジャの頭をくしゃっと撫でる。

「飛ぶぞ、ナージス！　上空から術を放射する！」

「ハイ!!」

「バビロン、アティカ、結界の外へ一歩も出るでないぞ。テジャやウマたちのこともよく見ていてくれ」

ララを見るバビロンの青緑の瞳が翳っていた。おぞましい蟲《むし》の群れの中に、ララがもし一瞬でも落ちたりしたら……。バビロンは、いらぬ想像をしてゾッとした。その気持ちのまま、ナージスのほうをじろりと振り返る。

「ナージス、てめ、わかってンだろうな⁉」

目一杯殺気のこもった目で睨みつけられ、ナージスもゾッとした。

「わ、わかってますよ。僕だって命懸けなんですからね！」

ララを乗せ、アヴィヨンが飛び立つ。垂直に、そして旋回。上空は、やや強い風が吹いていた。

「うわ！　これは……」

空から見た大地は、黒い海そのものだった。蟲《むし》どもは周辺の大地を覆い尽くし、まるで一匹の巨大な妖魔が息をしているかのように蠢いていた。思ったより、遥かに膨大な数に、ララは息を呑んだ。

「やるしかない……！　術者はどこだ‼」

「わかりません！　もう、黒い海しか見えないです！」

「妖蟲の中にまぎれておるな……！」

意を決して印を結ぶ。

「ダレス　ツァダイ　ギメル!!」

精神を集中し、より高い次元へ呼びかける。

「セラヒム・エロヒム・ギボールの名において！」

その時、ゴッと強い横風が吹いた。

「わっ!!」

「火よ！　我が導きに従い、その力をふるえ!!」

ナージスがアヴィヨンを立て直す。大地で、グオオッと火柱が立った。

「来た！」

しかし、風にあおられたララは、やはり精神を集中しきれなかった。それでも、炎は螺旋に燃え広がり、暁闇《あかつきやみ》を真っ赤に染めた。

「うおお――っ！」

バビロンたちも、思わず身を乗り出す。炎の中に、蟲《むし》どもが燃え尽きていくのがわかった。

「すごい！　やりましたね、ララ!!」

ナージスが叫ぶ。しかし、

「まだだ！」

ララが叫び返した。確かに、大地には巨大な焼け焦げができた。しかし、業火《ごうか》から逃れた蟲《むし》もまた多かった。それが大波のようにうねり、蟲《むし》どもは我が身を焼き焦がしながら、燃え広がろうとする炎に覆い被さった。黒い海に、炎が沈む。

「炎が消されてしまった！」

アティカが叫んだ。バビロンが舌打ちする。

「蟲《むし》の量が多すぎる！」

「やはり一度ではダメか」

ララの眉間に皺が寄る。何度火霊で焼けばいいだろう？　それまでアヴィヨンの燃料がもつだろうか？　術者を倒さぬ限り、妖蟲は際限なく涌いてくるのではないだろうか？　胸に次々と疑問を抱きながら、ララはまた呪文を唱えた。

「火よ！　我が導きに従い、その力をふるえ!!」

さきほどより大きな炎が渦を巻いた。しかし、結果は同じだった。ちりぢりに分かれ、炎を避けた蟲《むし》どもが、今度は身をもって炎を消しにうねってくる。

「こうなれば、持久戦じゃ！」

ララは叫んだが、ナージスは、そうなればララの体力と霊力が心配になった。

「ララ、無理しないで！　同じ持久戦なら、一旦結界に戻って……」

その時、ララの召喚した炎の向こうで、カ――ッと真っ赤な光が炸裂した。

「何だ⁉」

ララも、バビロンも、皆がその方向を見る。

グオオ――ッと、巨大な火柱が立ちのぼった。

「火⁉」

火柱は、竜巻となって突進してきた。

「巻き込まれるぞ、ナージス！　退《ひ》け‼」

アヴィヨンが、その場から旋回する。

妖蟲の海は、ララの炎と火炎竜巻とに挟《はさ》み打ちされた。

「おおお‼」

まるで手を繋ぐかのように、二つの業火は勢いを増して燃え広がり、妖蟲を囲んだ。逃げ場を失った蟲《むし》どもが、みるみる炎に溶けてゆく。それは、まさしく燎原の炎だった。大地を舐めるように焼き、そこにいたすべてのものを呑み込んだ。

結界の中で、バビロンとアティカがその様子を呆然と眺めていた。

「すげ～……」

「なんという凄まじさでしょう。これが、魔術の火……。結界の中にいても、恐ろしさに震えます」

アヴィヨンは、無事炎とその火炎風から逃れた。上空から見ると、燃え盛る紅蓮の炎は本当に生きて意思を持っているようで、地獄の業火とはこういうものなのだろうと、首筋がヒヤリとした。

「す、すごい！　今度こそやりましたね、ララ!!　一網打尽ってやつですね！」

「ああ！　だが、わしの力だけではないぞ！」

「えっ、そうなんですかっ？」

火炎風を避けて、竜巻が来た方向へアヴィヨンが飛ぶ。轟々と燃える炎で、夜明け前の大地は昼のように明るかった。最初にナージスが術者らしき影を見た場所よりも、もっと後方の岩の上に、二つの人影が立っていた。炎の風に黒衣の裾がゆっくりとたなびいている。ララとナージスが同時に叫んだ。

「あれ……！」

「サーブル!!」

11　宿命の底

夜が明けた。

美しい朝陽の射す岩の大地で、妖蟲を一匹残らず焼き尽くした業火がまだ燻《くすぶ》ってい
る。熱く焼かれた空気を、風が洗っていた。

魔術と魔術の凄まじいぶつかり合いに驚いていたバビロンとアティカは、突然現れたサーブルとグールに、また驚いた。

「コレが、女神殿を追いかけると言ってねぇ」

緑王石の瞳が、やや憮然としていた。ララは、グールを見た。グールは、相変わらず無表情だった。静かにララを見返した。その手を、ララはそっと握る。

「ひょっとして、わしに力を貸してくれるというのか、グール？」

グールは、小さく頷いた。チラリと、サーブルを見る。それだけで、ララにはグールが何を言いたいのかがわかった。

「そうか」

ララが、サーブルの命を救ってくれた。サーブルの命が救われたことは、それほどグールにとって重要なことだった。ララたちに力を貸し、ともに魔女との戦いに臨もうと思うほどに。

「嬉しいぞ。心強い」

ララは、握った手に力を込めた。グールが握り返してくる。その赤い目が、少し笑っているように見えた。

アゴリがお茶を淹れたので、皆一休みすることにした。岩陰に香草茶の香りが漂う。

いまひとつ乗り気でないサーブルと、いまひとつサーブルを信用できないバビロンはやや白け気味だが、アティカとナージスは、二人を大歓迎した。

「ホントに一緒に戦ってくれるんですか!? 嬉しいです!!」

「癒しの手の持ち主がいるというだけで、百人力です」

「それだけではないぞ」

そう言って、ララはサーブルの前に立った。

「あの火炎竜巻は何だ？ 誰が召喚したものだ？ グールなのか？ わしには、どうもそうは思えんのだが？」

てっきりララが召喚した炎だと思っていたバビロンたちは、顔を見合わせた。

ララとサーブルは、睨み合うように見つめ合った。やがて、サーブルはフッと軽く鼻を鳴らした。

「まぁ、こうなったからには、もう隠すこともござんせんネ」

サーブルは立ち上がり、剣を抜いた。バビロンが、ピクリと反応する。剣を抜いたまま、サーブルはララたちから数歩下がった。そこで、左手を顔の前で構え、右手に持った剣を、何かを描くように振った。

「オン　キリク　タラ　タ　カン」

呪文のようなものを唱え、足下の大地を斬るように剣を振る。そこに、ボッと炎が立った。皆が、驚いた。特にララとナージスは、目を見張った。

「召喚魔術？　聞いたことがない呪文です！」

「波動をまったく感じない！　何の力だ？」

バビロンとアティカは、顔を見合わせて肩をすくめた。

「なんか違うわけ？」

「さあ」

テジャが、目をパチクリさせながら、炎とサーブルを交互に見た。それから、何だか嬉しそうにサーブルに寄っていった。

「あぶのうござんすよ」

足下に来たテジャを、サーブルは剣の鞘でつついて追いやった。

「お前は、魔道士だったのか、サーブル？　いや……違うな!?」

「アイ。これぁ、魔術じゃござんせん」

緑の目が細まる。ララの青い目が、グリグリ動いた。ナージスも、何か思い出したようだ。

「待ってください。魔術じゃなくて、火を召喚……なんか聞いたことがあるような……祖母がそんな話をしていたような……。でも、あれはずいぶん古い術だとか……」

「そう、そうだ！　古いのだ！」

サーブルは、居合の達人だった。居合は古い剣だと、バビロンが言っていた。なぜサーブルは、「古の術」の使い手なのだろう？

「オババも言っていた。古い話で……何百年も前に滅んだ術があると」

「そうです！　それは、ある一族にだけ伝わっている術で……え、と……。滅んでしまった術は多いから、よく覚えてないな〜」

その時、バビロンが何気に言った。

「なるほど。背中の刺青の意味は、こういうことかェ」

それに、ララとナージスは飛び上がるほど反応した。

「そうだ、刺青！」

「刺青だ！　あの時は見られなかったのだ！」

ララは、サーブルに飛びついた。

「脱げ!!　見せよ!!」

「ちょ……！」

ララが、有無をも言わせずサーブルの頭巾を引く。黒髪がバサリと零れ落ちた。

「落ちぶれても一国の王女が何やってんだ！　はしたないですよ!!」

と、バビロンが叫ぶ。

「落ちぶれても、は余計だ！」

グールは肩で笑い、アティカは呆気にとられていた。

迫ってくるララの顔を手で止めて、サーブルが言った。

「落ち着きなせぇよ、女神殿。わかりやしたから。見せやすよ」

サーブルは、やれやれといった様子で皆に背を向け、するりと衣を解いた。背中一面の刺青が現れた。

「おお……！」

ララとナージスが、食い入るように見る。

夢見るような眼差《まなざ》しをした、黒い髪の天女。右手を口許に当て、左手には宝玉を持っている。豊満な胸も露な身体には、薄紅の羽衣をまとっているだけ。色とりどりの小鳥と花に囲まれている。その間に、呪文字らしき文字や記号がちりばめられていた。

「見事だ」

「綺麗ですねー！」

「天女様が、えらく色っぺぇよなあ。何の術用だあ？」

バビロンが皮肉っぽく言うと、サーブルは喉の奥で笑った。

ララにはわかった。これは、天女の姿も含めて全体が、ある種の魔方陣なのだ。サーブルの身体は、魔方陣そのものを宿しているのだ。

「天女とは珍しい。精霊信仰とは、また違うのですね」

アティカが言った言葉に、ララは閃《ひらめ》いた。

「思い出した！」

ララは、サーブルをビシッと指差した。

「仙術使いだ‼」

衣を直しながら、サーブルは緑王石の目を細める。

「嫌なおツムだねぇ」

バビロンが首を傾げる。

「仙術？　魔術とどう違うんだェ？」

「サーブルは、わしよりお前に近いということだ、バビロン」

「はあ？」

「お前は魔道士ではないし魔術も使えぬが、大気から水が作れるであろう。それは、お前が精霊族の血を引いておるからだ。水竜の血に、術式なしに自然が呼応する。妖精族《ニンフェウム》は皆そうだ」

パック族は植物と呼応し、草木を育てる。鳥人族は風と呼応し、空を飛ぶ。その能力は、もともと身体に具わっているのであり、術でもって精霊界から召喚するものではない。妖精族は自然の一部であり、自然の力を使えることが当たり前なのだ。

「その一族は、妖精族《ニンフェウム》ではなく人間なのだが、何らかの方法で仙界の力を使えるようになったらしい。それは、魔術とはまったく違う論理と術法で、身体の中に力を取り込んでしまう、とか？　で、それを妖精族と同じように、己の自然の力として使うことができる、とか？」

サーブルは、薄く笑った。

「〝気を練りて、体と和し、神と化す〟。それが、神仙術でござんす」

「神仙術……」

「自然の気を、身体の中の重要な部分、〝丹〟に取り込み、具体的な力に変えて使う。いわば、身体は精製機ってわけで」

「そんな術法が……」

「ウロボロス教の自然魔術《マギア・ナトウーリア》よりも、さらに自然に則した考えなのだな」

ララもナージスも感心した。

「それが、その刺青か。それは、術式か理論かを図に置き換えたものだな。精霊界ではなく、仙界なのだ。だから天女なのだな」

「仙界と精霊界とは同じではないのですか？」

「同じ世界だが、仙界のほうが、もう一段次元が高いのだ。わしがいつも召喚するのは、精霊だ。仙界のものを召喚するには、また別の術式が要るのだ。サーブルは、それを術式なしで呼べるのだ。そうだな？」

サーブルは、軽く頷いた。

「おっしゃるとおりで。今来たのは、火炎仙《かえんせん》。炎の仙女様でござんすよ」

ララとナージスはさらに感心したが、バビロンとアティカはいまひとつピンときていない様子だった。

「でも、サーブル。その術法は滅びたと聞きましたが……」

ナージスにそう言われると、サーブルは緑の目を伏せた。

「ああ……。そう。もう、古い話だからねぇ」

すっかり明けた空に、風の音がコォコォと聞こえていた。消し炭となった妖蟲が、大地を転がってゆく。

サーブルは、煙草に火をつけた。紫煙が一本の帯となって、長々と流れていった。

「メソドが建国された頃……、まだあの地方は戦国時代でござんした」

今からおよそ七百年前、イオドラテ大陸の東は、群雄割拠《ぐんゆうかっきょ》入り乱れる覇権《はけん》の地だった。たくさんの小国が生まれては消える戦国の時代は、メソドの誕生をもって終わりを告げるのだが、その時代の多くの王族に愛された一族があった。その一族は、大陸の東の沖に浮かぶ島に住み、一族の者は、代々受け継がれてきた特殊な術を身につけていた。

「そう。それが、神仙術と居合術でござんす。そしてそれは、何も生み出せない痩《や》せた土地しかないその島の、唯一の〝取り引きできるもの〟だった……」

術法と剣法を身につけた者は、戦国時代を生きる王族たちの護衛として、暗殺者として、売り買いされた。王族たちに喜ばれた「品物」たちは、やがてより洗練されてゆく。

「女神殿には、見抜かれちまった」

サーブルは自分を指して言った。

「この美しい黒髪も、この宝石のような目も、この肌も、爪の形にいたるまで、すべては、王族や貴族に高く売るために、血を結晶させてきた賜物《たまもの》でござんすよ」

一族の者には、もともと黒髪と緑の目をした美形が多かった。王族たちは、神仙術や居合術の腕だけでなく、見目麗《みめうるわ》しい者を求めた。彼らは主人を守るために、常に主人の傍にいる。夜は寝所《しんじょ》の中にもいる。王族たちは、時には彼らを美しい着物や宝石で飾り立て、側女《そばめ》や小姓のように扱った。

「王族どもは、俺らをこう呼んでおりやした。〝殺し屋であり、生きている宝石である〟と」

不愉快な話だった。皆の眉間に皺が寄る。

（ララが言ってた血の結晶って、こういうこと……）

ナージスは、サーブルの瞳の美しさにはしゃいだことを反省した。

（これが、この男の〝如何ともしがたい特殊な生まれ〟というわけか）

サーブルに根深くまとわりついている諦観の正体はこれなのかと、ララは思った。その特殊能力も、美しい外見も、すべては自分の望んだことではなく、売られるために作り出されたものであり、それはもう、如何ともしがたい。受け入れるしかない。受け入れて……諦めてしまった。

「奴隷だったあなたが、なぜ人買いなどできたのですか？　自分と同じ立場の者を、なぜ平然と売り買いできたのですか？」

アティカの問いに、サーブルは軽く答える。

「そこに生まれつくってぇのは、如何ともしがたいことでねぇ。思想や信条は、無意味でござんすよ。その立場に立てば、その仕事をするだけだ。世の中ってぇのは、そうやって回ってンのさ。確かに俺ぁ、奴隷だが、他の奴隷に同情も共感もしやせんよ」

口許を歪ませる笑いはひどく自嘲的で、この諦観に至るまでには葛藤《かっとう》もあったのだろうと思わせる。

「お前も、どっかの王さんの寵愛を受けてたのかェ？」

バビロンが皮肉まじりに言った。

「バビロン」

ララは窘めたが、サーブルは喉の奥で軽く笑った。

「メソドが建国されて、戦国の地も統一されていっちまった。馬鹿高い生きた宝石は、すぐに必要とされなくなった……」

それでも、メソド建国からずいぶん後の時代まで、その一族は生きた宝石を生み出し続けた。皮肉にも、そこに至って血の結晶は頂点を極め、神聖緑王色《アマラグディーナ》の瞳を持つ者が生まれる。だが同時に、頂点を極めた血は崩壊を始めた。

「何事も上がりきったら、後は下がるしかねぇからね。だが、俺にとっちゃあ、いい機会だった。島を抜け出しても、追っ手を放てるほどの力は、もう島にゃあ残ってなかったんでね。俺がおそらく……最後の一人だ」

闇のように黒い前髪の、陰の中にあってなお輝くような緑の瞳。一族が営々と紡《つむ》いできた血の、最も完成された形。その、最後の一つ。

「故郷は滅びてしまったのか？」

「さぁ……。忘れ去られた〝隠れ里〟としてなら、まだあるかもしれやせん」

「だが、おめえの同期や先輩がまだいるだろう!?」

と、バビロンが言った言葉に、皆が違和感を覚えた。言ったバビロンも「おや？」と思った。

「神仙術は、何百年も前に滅んだんですよね？」

アティカが問うた。

「出回らなくなって、それぐらいたつねぇ」

出回らなくなって何百年もたつということと、サーブルが今ここにいるということに、ズレがあるような気がする。

「居合術も、伝承しか残っていないと師父はおっしゃっていた。大陸では、居合の使い手はもういないのだと。もう少し早く知っていたら、伝承者に会えたかもしれないと悔しがっておられた。師父が居合術を知ったのは百年ほど前だから……」

「百年前なら、まだいたはずでは？　それこそ、サーブルの先輩が」

ナージスがそう言うのを受けて、バビロンが手を挙げた。

「俺は見たぜ。居合の使い手をよ。百年ちょい前で、俺はまだガキだったが、すげぇ印象に残ってる。エレアザールの南のほうで……」

バビロンは、思い出しながら言った。


地回りのヤクザの下っ端と仲良くなり、その頭が雇った護衛が凄腕なのだと聞かされた。居合という特殊な、古い剣術の使い手なのだと。バビロンは興味があって、その使い手を見に行った。

賭場の裏にいたその男を、バビロンは物陰からこっそり見る。下っ端が、男の後ろから板きれを投げつけた。チン！　という金属音が聞こえた時には、男は板きれを斬って剣を鞘に収めていた。バビロンにはその太刀筋が見えた。男は、チラリとバビロンのほうを見た。

「生まれて初めて鳥肌が立ったぜ。俺もこんな剣士になりてぇと思ったもんだ」

バビロンがそう言うと、サーブルは喉の奥で「ククッ」と笑った。

「そういやあ、あいつも綺麗な緑色の目をして……た……」

バビロンは、ハッとして固まった。思い出の中の居合の使い手を、もう一度頭に思い描く。

「……………」

目だけでサーブルを見ると、サーブルの緑の瞳もバビロンを見ていた。面白そうに。

煙草の煙を吐きながら、サーブルが軽く言った。

「俺だヨ」

「……………」

ララたちは、顔を見合わせた。バビロンが手を振る。

「イヤイヤイヤ。百年前なんですけど。え？　あれ、お前の親父《おや》っさん？」

「サーブル」

ララが、あらためて問うた。

「お前がグールと出会ったのは、何年前の話だ？」

「…………」

サーブルとララは、また見つめ合った。

一度は一族を捨ててまでその宿命に抗ったはずのサーブルが、グールに出会い、すべてはなるようにしかならぬと、再び宿命を受け入れた。それだけではない諦観を纏《まと》っている本当の意味。その根深き底に、本当にあるもの。

一瞬だけ、緑の目が溶けるように緩んだ。どこか哀しげな色を帯びて、神の緑がいっそう美しく煌めく。艶めかしいほどに。

「……百八十年前でござんす」

バビロンたちは驚き、ララは深く頷いた。

また自分を嘲笑うかのように、喉の奥で引くように笑うサーブルに、グールが寄り添っている。グールが何者なのかは依然として不明だが、おそらくグールが、サーブルを「生かしている」のだろう。自分との「永遠の連れ合い」として。

ギガント山から下る折に、バビロンと交わした会話が思い出された。あの時、完全な元気を突き詰めると、人は人でなくなるとララは考えた。

サーブルは、「人」ではなくなってしまったのだ。

グールの力に捕らわれた不死者《マクロビアン》なのだ。

（この百八十年の間に、この男は……死ぬことを諦めたのだ）

死ぬことを諦めるということは、すなわち、生きることを諦めるということ。ララは、サーブルの奇妙な態度にやっと納得がいった。

（なるほど、枯れるはずだ。二百歳を超えているということになる。魔道士でもない者が……。その覚悟もないまま……）

長生きする者は多い。魔道士の中にも、妖精族《ニンフエウム》の中にも、何百年も生きる者はいる。しかし、普通の人間はそうはいかない。不老不死を求める者は多いが、普通の人間の不老不死など、ありえないのである。それは「歪み《アバーヒ》」でしかないのである。それは「魂の地獄《インヘルノ》」でしかないのである。呪われた生死人のように。普通の人間にとっては、自分を置いて轟々と流れ去る時間に耐えるなど、できないのだ。

サーブルは、静かに煙草を吹かしていた。傍らに、グールがいる。忠実な犬のように。その一途な純粋の、なんという残酷なことだろう。

それでもサーブルは、グールとともにいるのだ。グールを斬り捨てようと思えばできるだろうに。逃れようと思えばできるだろうに。

（あるいは、狂ってしまったかもしれないだろうに……そうならなかった）

ララは、その意味を深く考える。

（まったく違うようで……実はサーブルとグールは、わしとバビロンと同じなのかもしれない）

出会うべくして出会った、宿命の相手《イヴ》。

生まれる前から結ばれていた、魂の恋人。

（もし、バビロンがいなかったら……）

そして、バビロンがララの宿命を受け入れてくれなかったら……。ララはそう思うだけで、胸が締めつけられる。グールの、サーブルを見る赤い瞳を見ると、胸が締めつけられる。

ララは、サーブルに抱きついた。

「！」

その膝に身体を乗せ、サーブルの顔を胸に抱く。サーブルの手から、煙草が落ちた。

「グールの傍にいてやってくれ……。すまぬ……」

　ララは、消え入りそうな声で言った。グールの重い宿命を受け入れたサーブル。しかし、魂はその宿命の泉の底に沈んでしまった。それでもなお、グールとともにいてくれと、ララは願わずにはいられない。

　グールとバビロンが、ララを見ていた。グールは少し首を傾げて。バビロンには、ララの気持ちがわかった。サーブルは……何を思っているのだろう。

「お前さんが謝らなくとも、よござんすよ」

　静かにそう言い、サーブルはララを膝から降ろした。目元を赤くしたララを見る緑王石の目は、おだやかだった。その目を、ララが見上げる。真っ直ぐに。

「サーブル」

　ララは、サーブルの両手を握った。強く。

「わしらとともに来てくれ。わしに力を貸してくれ！　お前が必要だ!!」

　まるで叫ぶように、ララは言った。サーブルも皆も驚くほど。

　サーブルは少し目を見開いていたが、すぐにいつものように細めた。

「女神殿……」

　ララは、サーブルの言葉を遮った。

「柄ではないのはわかっておる。だが、一度ぐらいよいではないか。何かを成し遂げよう」

サーブルは一旦言葉を呑んだが、その口許を歪ませて言った。

「代わりに、何を得やすか？」

ララは、即答した。

「名誉をやろう」

「名誉？」

フンと、サーブルは鼻の奥で笑う。

「生まれながらの殺し屋が、廃王女《はいおうじょ》とはいえ、王族から名誉を賜《たまわ》るなどないことだぞ、サーブル！　ひれ伏して拝受せよ!!」

と、ララはふんぞり返って言った。

「…………」

皆、固まった。

「ブハッ！」

バビロンが噴き出した。

「エラソーに！」

続いてナージスも笑う。

「でも、確かに王女様ですから。名誉を賜っても、何の記録にも残りませんけどね」

「そのとおりだ！　わしらが世界を救っても、それを知っているのは、世界で五人ぐらいだ！」

皆が、ゲラゲラと笑う。アティカもアゴリも笑っていた。テジャもつられて笑顔になった。ウマたちは、何だ何だと首を伸ばしてこちらを見ていた。

渋い顔をしているサーブルの背中に、グールがそっと顔を擦りつけた。背中から腕を回し、強く抱き締める。

「……仕方ないねぇ」

サーブルは、やっと頬を緩めた。自然な笑みが、目元に薄っすらと浮かんでいた。

ララが、サーブルの前へ右手を差し出す。

その手を恭《うやうや》しく取り、サーブルは、花びらが並んだようなその指先に、軽く口づけをした。

「お伴しやすよ。戦いの女神殿《ファンム・アレース》」

「うむ」

ララは、大きく頷いた。その二人の様子を、グールが静かに見ていた。赤い目を嬉しそうに少し細めて。

「やれやれ」

バビロンは大袈裟に大きな溜め息をつき、ナージスとアティカは手を取り合って喜んだ。


大きな力が加わった。希望が、またひときわ膨らむ。

ララは、北の空を見つめた。

「ベルベルは、もう目の前だ……！」

必勝の術法は手に入れた。これでいつでも、魔女のもとへ乗り込んでゆける。

「待っておれ、アイガイアよ。すぐにその首を貰い受けにゆくぞ」

握った拳に、胸の中に、闘志がみなぎるララだった。

「では、行こう！」

サーブルとグール。そして、アゴリ。

新しい仲間を加えて、ララたちは北へと出発した。

行こう。決戦の地へ。
未来は、きっと開けている。

行こう。
そこには、まだ見ぬ新世界が待っている。

夢と冒険。
神秘と恐怖。
剣と魔法。
そして――……。

第五巻に続く

本書は二〇一〇年一〇月、小社より単行本として刊行されました。

|著者|香月日輪　和歌山県生まれ。『ワルガキ、幽霊にびびる！』（日本児童文学者協会新人賞受賞）で作家デビュー。『妖怪アパートの幽雅な日常①』で産経児童出版文化賞フジテレビ賞を受賞。他の作品に「地獄堂霊界通信」シリーズ、「ファンム・アレース」シリーズ、「大江戸妖怪かわら版」シリーズ、「下町不思議町物語」シリーズ、「僕とおじいちゃんと魔法の塔」シリーズなどがある。2014年12月永眠。
◆香月日輪オンライン
http://kouzuki.kodansha.co.jp/

ファンム・アレース④

香月日輪《こうづきひのわ》

講談社文庫
定価はカバーに
表示してあります

2017年3月15日第1刷発行

発行者——鈴木　哲
発行所——株式会社　講談社
東京都文京区音羽2-12-21　〒112-8001
電話　出版（03）5395-3510
　　　販売（03）5395-5817
　　　業務（03）5395-3615
Printed in Japan

デザイン—菊地信義
本文データ制作—講談社デジタル製作
印刷———凸版印刷株式会社
製本———株式会社若林製本工場

ISBN978-4-06-293618-7

講談社文庫刊行の辞

二十一世紀の到来を目睫に望みながら、われわれはいま、人類史上かつて例を見ない巨大な転換期をむかえようとしている。

世界も、日本も、激動の予兆に対する期待とおののきを内に蔵して、未知の時代に歩み入ろうとしている。このときにあたり、創業の人野間清治の「ナショナル・エデュケイター」への志を現代に甦らせようと意図して、われわれはここに古今の文芸作品はいうまでもなく、ひろく人文・社会・自然の諸科学から東西の名著を網羅する、新しい綜合文庫の発刊を決意した。

激動の転換期はまた断絶の時代である。われわれは戦後二十五年間の出版文化のありかたへの深い反省をこめて、この断絶の時代にあえて人間的な持続を求めようとする。いたずらに浮薄な商業主義のあだ花を追い求めることなく、長期にわたって良書に生命をあたえようとつとめるところにしか、今後の出版文化の真の繁栄はあり得ないと信じるからである。

同時にわれわれはこの綜合文庫の刊行を通じて、人文・社会・自然の諸科学が、結局人間の学にほかならないことを立証しようと願っている。かつて知識とは、「汝自身を知る」ことにつきていた。現代社会の瑣末な情報の氾濫のなかから、力強い知識の源泉を掘り起し、技術文明のただなかに、生きた人間の姿を復活させること。それこそわれわれの切なる希求である。

われわれは権威に盲従せず、俗流に媚びることなく、渾然一体となって日本の「草の根」をかたちづくる若く新しい世代の人々に、心をこめてこの新しい綜合文庫をおくり届けたい。それは知識の泉であるとともに感受性のふるさとであり、もっとも有機的に組織され、社会に開かれた万人のための大学をめざしている。大方の支援と協力を衷心より切望してやまない。

一九七一年七月

野間省一